民族文字出版专项资金资助项目

编委名单

贵州民族
文化文库

布依族口传歌谣系列

郭得宏 主编

WEANL YUX

情友歌

阿哥阿妹

Bausbix Nuangxsaaul

韦芝秀 贺明勇 收集整理

贵州出版集团
贵州民族出版社

图书在版编目(CIP)数据

阿哥阿妹 : 情友歌 : 布依文、汉文对照 / 韦芝秀,
贺明勇收集整理. -- 贵阳 : 贵州民族出版社, 2017.5
(布依族口传歌谣系列 / 郭得宏主编)
ISBN 978-7-5412-2320-4

Ⅰ. ①阿… Ⅱ. ①韦… ②贺… Ⅲ. ①布依族-情歌
(文学)-作品集-中国-布依语、汉语 Ⅳ.
①I277.296.8

中国版本图书馆 CIP 数据核字(2017)第 089829 号

丛 书 名 布依族口传歌谣系列
书　　名 WENL YUX · BAUSBIX NUANGXSAAUL
情友歌 · 阿哥阿妹
收集整理 韦芝秀　贺明勇

出版发行 贵州民族出版社
地　　址 贵阳市观山湖区会展东路贵州出版集团大楼
邮　　编 550081
印　　刷 贵阳海印印刷有限公司
开　　本 787mm×1092mm 1/16
字　　数 200 千字
印　　张 11
版　　次 2017 年 5 月第 1 版
印　　次 2017 年 5 月第 1 次印刷
书　　号 ISBN 978-7-5412-2320-4
定　　价 48.00 元

吹出心事给妹听

我们来唱浪哨歌

有心有意来对歌

竹筒情歌

堆问——对歌

榕树作证

近在眼前

有情有意跟哥走

赶场路上欢乐多

归去

来个自拍再见哥

遐想

相约

回眸

情妹无处不想哥

定情

合八字

归来

月琴弹奏布依歌

祈福歌

序

周国炎

布依族民间文学是布依族传统文化的一个重要组成部分，形式多样，题材、内容十分丰富，从体裁上大致可分为韵文和散文两大类，在布依族地区民间广为流传。布依族民间歌谣属韵文体文学作品，流传范围较广。有反映男女青年爱情生活的情歌，反映社会生活习俗和人际交往习俗的礼俗歌以及叙述远古往事的古歌和叙事长诗等。其中的古歌和叙事长诗反映了布依族先民多姿多彩的精神世界和物质生活，揭示了布依族人民传统的价值观、道德观和人生观，展现出远古布依族先民对所生存的自然和人文生态环境的创造性适应能力，以及对大自然的独特的认知方式。布依族歌谣结构简洁流畅，音韵和谐，旋律优美。深受广大布依族群众的喜爱。从句式和结构上看，有五言、七言、杂言三种体裁和单段、双段、长篇三种结构。五言体全篇每句五字（音节）或以五字为主；七言体全篇每句七字或以七字为主；杂言体全篇每句字数不等，长短间杂，少者三字，多者十一字，一般多为奇数。单段歌又称“散花调”，即单独一段自成一首；双段歌又称“双调”，即一首歌分成两段；长篇歌谣的特点是篇幅长，有的不分段落，有的则根据故事情节分成若干段落，如长篇叙事诗。布依族歌谣有自己独特的押韵方式和规律，一般是以前一句的尾韵（句末一字）去和后一句的头韵（句首一字）或颈韵（第二字）或腰韵（中间一字）相押，也有少数和尾韵相押。押韵的字一般要求同韵同调（包括阴阳调）相押，但根据内容的需要，只要发音相近，声韵和谐的字也可以通押，没有严格的要求，每押一句即可换韵，无需一韵到底。

长期以来，由于缺乏全民通用的文字系统，大量的布依族歌谣只能通过口耳相传的形式在民间世代相传，这种传承形式一方面极大地限制了布依族歌谣的传播，同时也导致大量的作品在传承过程中发生了变异，有的甚至随着作品传承者的辞世而消失在漫漫的历史长河中，所幸在布依族宗教领域，一批布依族宗教人士在学习和掌握了汉文之后，以汉字作为记音符号，将布依族文学中的一个重要组成部分——摩经记录下来，这是布依族文化史上的一大贡献。20世纪50年代中期，党中央和人民政府为布依族创制了以拉丁字母为基础的拼音文字，一方面为提高布依族人民的文化教育水平提供了便利的条件，同时也为布依族文化的记录、抢救和传承提供了有效的承载方式，但由于种种历史原因，新创制的布依族文字未能充分发挥其应有的教育功能和文化传承功能，致使大量珍贵的布依族文化遗产不断流失。20世纪80年代初以来，民族语文工作得以恢复，几经修订后的布依族新创文字在布依族传统文化的记录和传承方面发挥了积极的作用，大量流传于民间的布依族民间歌谣得以挖掘、整理和翻译，并用布依族文字出版，使优秀的布依族传统文化得到了弘扬和发展。

由韦芝秀、贺明勇等收集整理、贵州民族出版社出版的“布依族口传歌谣系列”之一《情友歌·阿哥阿妹》是布依族新创文字推广和布依族非物质文化抢救和保护工作中的一件大事。该书收集了来自黔西南布依族苗族自治州册亨县、望谟县一带的布依族传统情友歌若干首，内容十分丰富。该书采用新创布依文和汉文对照的形式，展示了布依族传统经典歌谣的无穷魅力以及布依族新创文字在传统文化传承方面的重大作用。书中所收歌谣来自母语文化氛围十分浓郁的布依族地区，属于原滋原味的原生态布依族民间文学作品，歌谣中反映的内容都是布依族社会生活的真实写照。读者通过阅读该书，不仅可以深入了解多姿多彩的布依族精神文化生活，还可以充分领略布依族民歌优美的旋律和韵味。此外，该书的出版在布依族母语教育方面还具有非常重要的作用。课外读物的匮乏长期以来一直是制约民族语文教育教学发展的瓶颈，布依语文的学习者常常因为找不到课外读物而对布依语文的学习失去兴趣，从而放弃对布依语文的学习，该书的出版为布依语文学习者提供了丰富的课外阅读资料。

总之，该书的出版是对布依族文化传承和母语教育的一大贡献，是为序。

2016年4月30日于中央民族大学

前　言

本书是一本布依族青年男女对唱情友歌的翻译作品。

布依族青年男女在交友过程中，布依语叫“浪哨”（nangh saaul）。“浪”即坐的意思，“哨”即女友，意即和女友坐在一起唱歌玩耍。对于女青年来说，这项社交活动叫“浪冒”（nangh mbaaus），“冒”即男友。浪哨或浪冒，事实上就是汉语中的“赶表”“玩表”的意思，是布依族青年男女以歌相识、以歌表意、以歌传情乃至以歌相恋的一种交往活动，是布依族青年男女婚恋中的一个重要习俗。

“赶表”“玩表”（或“浪哨”）不完全等同于谈恋爱，原因在于它有时纯粹表现为一种青年男女群体之间的交友活动。每逢喜庆节日，三个一群五个一伙的青年男女就会通过“打响声”、吹木叶、吹嘞浪（布依族自制的一种吹管乐器）、唱歌等方式，引起对方注意，如果对方有意，就会回应。双方用对歌的方式回答对方的提问，或了解对方的情况。如果无意，方式也比较委婉，会相视而笑或窃窃私语走开，谁也不会见怪。有时，一些男女虽然已经结了婚，也会参与“赶表”“玩表”活动，只为在对歌中显示自己的聪明才智，回味年轻时候谈情说爱的感觉，并非真正谈恋爱。在一些地方，青年男女集中在某户人家的火塘边与远方来的客人对唱情友歌，也属一种礼节上的交往活动，这时候家中的老人会自觉回避，让年轻人对歌玩耍。

“赶表”“玩表”没有固定的时间和地点，多数在赶场天（赶集日）或寨中某家操办红白喜事之时进行，也有在生产活动中进行的。地点一般在集市的一角、山的一隅，或河边、桥头、树下、山腰等，但这些地点并非隐蔽，是在众人的视线之内。这是因为，布依族人认为“赶表”“玩表”活动是一件光明正大的事情。“赶表”“玩表”的时候，哪怕只有男女二人，两者间都要相隔一定距离，表示对对方的尊重，充分体现布依族人含蓄、内敛的性格特点。

“赶表”“玩表”活动一般以对歌为主。对歌的内容一般分为初会、相识、相知、试探、猜忌、赞美、相依、相爱、成家等多个环节。旧时，由于“父母之命，媒妁之言”，男女婚姻多为父母包办，但在布依族情友歌中也有抗婚、逃婚的内容，体现布依族青年对包办婚姻的反叛。

情友歌是布依族青年男女交友中对唱的歌，布依语叫“问友”(weanl yux)，是男女双方以歌唱的形式进行交流的载体，均为即兴对唱，其曲调质朴优美，具有很强的抒情性，反映布依族青年的诗歌才能和多愁善感的性格特征。情友歌在内容上委婉而细腻，多为对对方的巧妙盘问、有意制造的误会、委婉的赞美以及对未来美好生活的向往等。常常运用“比”“兴”手法，借助身边熟知的事物表达丰富细腻的思想感情，同时也较多地运用“复沓”来表现浓烈的情感，使其情感得到宣泄和强化，达到一唱三叹、酣畅淋漓的效果。

收入本书的情友歌，主要收集于黔西南布依族苗族自治州的册亨县布依族聚居区。本书分为初会·盘歌、相识·探歌、初恋·赞歌、相思·苦歌、自由·骊歌、幸福·颂歌六个部分，以交友的发展情况为序，以男女双方的情感发展脉络为线索，力求相对完整。

“赶表”“玩表”这种民族习俗，由于受到当代流行文化的冲击，加之青年男女交往方式的多样化和婚恋行为的自由开放等因素的影响，其形式已发生变化，因此情友歌在册亨(乃至其他)布依族地区逐渐被淡化甚至将会逐渐消失，青年男女对唱情友歌的情景只能由上了一定年龄的男女来演绎，或者只有在舞台、影像、书本中才能看到，这将成为布依族人永久的文化记忆。

韦芝秀　贺明勇

2016 年 12 月

目 录

初会·盘歌

一场有意无意的邂逅。

当三三两两的布依族小伙,在某个赶场天或寨子中举办红白喜事、传统节日时,遇上了中意的姑娘,胆大的小伙就会以吹口哨或者别的方式向姑娘们打招呼,得到对方的回应后,他们就会用歌声开始相互询问。于是,一场充满浪漫的情感之旅就开始了……

Saail: 男:	男:
Nuangx a, 妹啊	妹啊,
Mengz dais baaihlaez mal? 你 从 哪里 来	你从哪里来?
Mengz dais gal laez dauc? 你 从 条 哪 来	你从何处来?
Mengz dais mauc laez dangz? 你 从 地方 哪 到	你从何方到?
Mengz deengl Yangybaq laez Suangyjiangy? 你 是 秧坝 或 双江?	秧坝或双江?[1]
Suangyjiangy bix xaaml riangz, 双江 哥 请求 跟	双江咱同路,
Yaangybaq bix xaaml doih. 秧坝 哥 请求 同行	秧坝结对走。

① 秧坝、双江,地名,在册亨县境内。

Xaaml doih mengz os beangz,
请求 同行 你 出 地方　　一起看外面，

Xaaml riangz mengz bail xianh.
请求 跟 你 去 流浪　　一起去远方。

Rauz xih goihmax laez byaaicdinl?
咱 （助） 骑马 还是 步行　　骑马或步行？

Goihmax goy xaaml xingl,
骑马 哥 请求 牵　　骑马哥牵绳，

Byaaicdinl bix xaaml doih.
步行 哥 请求 同行　　步行咱并排。

Xaaml doih mengz bail beangz,
请求 同路 你 去 地方　　一起看外面，

Xaaml riangz mengz bail xianh.
请求 跟 你 去 流浪　　一起去远方。

Mbegt:
女：　　女：

Bix a,
哥啊　　哥啊，

Nuangx dais raanz nuangx mal,
妹 从 家 妹 来　　妹从妹家来，

Nuangx dais raanz nuangx dauc.
妹 从 家 妹 来　　妹从妹家到。

Dingh miz bungz goljaus,
以为 不 遇 桐树　　以为不遇桐，

Dingh miz ndoobt golliz.
以为 不 遇 梨树　　以为不遇梨。

Dingh miz bungz gec leg wenz ndil beangz roh,
以为 不 遇 那 儿 人 好 地方 外面　　以为不遇远方哥，

Dingh miz bungz gec leg wenz gvaail mbaanx roh.
以为 不 遇 那 儿 人 聪明 地方 外面 以为不遇外寨郎。

Bix a,
哥啊 哥啊,

Mengz hams gul dungz hams,
你 问 我 一样 问 你问我也问,

Mengz nauz gul dungz nauz.
你 说 我 一样 说 你说我也说。

Bix dais baaihlaez mal?
哥 从 哪里 来? 哥从哪里来?

Yaangybaq laez Suangyjiangy?
秧坝 或 双江? 秧坝或双江?

Suangyjiangy laez Lungjduq?
双江 或 冗渡[1] 双江或冗渡?

Banzmaz reeul xos nyangh?
为何 笑 向 我 为何对我笑?

Banzmaz gaangc xos nyangh?
为何 讲 向 我 为何对我言?

Saail:
男: 男:

Bix dais lacdeel mal,
哥 从 下边 来 哥从下方来,

Yaangybaq ndix Suangyjiangy.
秧坝 和 双江 秧坝和双江。

Suangyjiangy ndix Lungjduq,
双江 和 冗渡 双江和冗渡,

---

① 冗渡:地名,在册亨县北部地区。

Gul deengl yeeuz deengl yaaux,
我　是　苗族　是　瑶族　　　　我是苗是瑶，

Gul deengl yaaux deengl yeeuz.
我　是　瑶族　是　苗族　　　　我是瑶是苗。

Gul deengl wenz mbaanx saangl Yungfczaangy,
我　是　人　寨子　上　荣昌　　　　我是荣昌人，

Gul deengl Qyaix yungfsaangy.
我　是　布依族　荣昌　　　　我是荣昌布依人。

Goy xih dogtdengs dongh gaangc dongh,
哥（助）悬浮　坝子　说　坝子　　　　哥游到坝子，

Gul xih ranl mengz qyus bianghdongh gaangcreeul.
我（助）见　你　在　坝子　说笑　　　　见你在说笑。

Bix jaiz xaaml gueh meeuz hocjis,
哥　想　请求　做　季　朋友　　　　想与你相识，

Xaaml dungzdoih gvas ronl.
请求　同行　过　路　　　　求你同路行。

Gvas ronl dungzxamh bail,
过　路　一起　去　　　　同路一起去，

Ronl jail banz ronl jaec.
路　远　成　路　近　　　　路远也变近。

Is nuangx miz xamh bail,
如果　妹　不　一起　去　　　　若妹不同行，

Goy xih buxdoh bail xunzbeangz naches,
哥（助）一人　去　流浪　愁眉苦脸　　　　哥一人伤心，

Bail xunzmbaanx naches.
去　流浪　愁眉苦脸　　　　哥一人难过。

Mal rauz qyus jieznix dungz daans,
让　咱　在　这里　一起　交谈　　　　让咱来交谈，

Mal rauz qyus jieznix dungz dianl.
让　咱　在　这里　一起　诉说　　　　让咱来倾诉。

Mal rauz daans xonz weanl seeuc ruangh,
让 咱 诉说 句 歌 少 愁 唱首歌解愁，

Mal rauz ndal xonz bic seeuc ruangh.
让 咱 起 句 诗 少 愁 吟句诗解忧。

Mbegt:
女 女：

Bix a,
哥啊 哥啊，

Gul duc nehjaiz daans riangz bix,
我 都 想 交谈 和 哥 想与哥交谈，

Gul duc nehjaiz daans riangz menl.
我 都 想 诉说 和 你 想说给哥听。

Laaul xih dingl beah haaul mengz nyauc,
怕 （助） 角 衣服 白 你 皱 怕你白衣皱，

Gaul beah dauh mengz myaaiz.
角 衣服 蓝 你 磨烂 怕你蓝衣烂。

Laaul xih haaiz diecdinl mengz myonh,
怕 （助）鞋子 脚下 你 腐朽 怕你鞋儿朽，

Myonh dais jeeuc dangz ndangl.
腐朽 从 跟 到 尖 从跟破到尖。

Laaul xih baz nachanl mengz hah①,
怕 （助）妻子 苦脸 你 限制 怕你妻不允，

Yah xeenz xex mengz hah.
妻子 钱 买 你 限制 怕你妻干涉。

① baz 及下句的 yah，指妻子，女青年对男青年说：“怕你妻不允，怕你妻干涉。”是女青年对男青年是否已有女友或妻子一种试探性的说法。

Saail:
男　　　　男：

Dingl beah haaul bix raaus nyauc,
角 衣服 白色 哥 原本 皱　　　　哥衣原本皱，

Gaul beah dauh bix raaus myaaiz.
角 衣服 蓝色 哥 原本 磨烂　　　　哥衣原本烂。

Haaiz diecdinl raaus myonh,
鞋子 脚底 原本 腐朽　　　　鞋底原本朽，

Diecdinl haaiz raaus myonh.
脚底 鞋子 原本 腐朽　　　　脚底鞋已朽。

Beah yieh roix dangz mbas,
衣服 也 烂 到 肩膀　　　　衣服烂到肩，

Was yieh roix dangz duaz.
裤子 也 烂 到 裤裆　　　　裤子烂到胯。

Mizlix baz laez weangl haec goy,
没有 妻子 什么 补 给 哥　　　　无妻为哥补，

Mizlix baz laez diuc haec goy.
没有 妻子 什么 缝 给 哥　　　　无妻为哥缝。

Mbegt:
女　　　　女：

Bix a,
哥啊　　　　哥啊，

Laaisnauz xuic beah haaul bix raaus ragt,
以为 角 衣服 白色 哥 原本 断　　　　你说哥衣原本皱，

Xuic beah dauh bix raaus myaaiz.
角 衣服 蓝色 哥 原本 磨烂　　　　哥衣原本烂。

Haaiz diecdinl raaus myonh,
鞋子 脚底 原本 腐朽　　　　鞋底原本朽，

Diecdinl haaiz raaus myonh.
脚底 鞋子 原本 腐朽 脚底鞋已朽。

Beah yieh roix dangz mbas,
衣服 也 烂 到 肩膀 衣服烂到肩，

Was yieh roix dangz duaz.
裤子 也 烂 到 裤裆 裤子烂到胯。

Mizlix baz laez weangl haec goy,
没有 妻子 什么 补 给 哥 无妻为哥补，

Mizlix baz laez diuc haec goy.
没有 妻子 什么 缝 给 哥 无妻为哥缝。

Mengz duc beahbigt lix bux soonx,
你 都 蓝衣 有 人 缝 你蓝衣有人缝，

Beahfoonx lix bux xaaiz.
黑衣 有 人 裁 黑衣有人裁。

Haaiz diecdinl lix bux sams,
鞋子 脚底 有 人 纳 鞋底有人纳，

Lix bux sams dois dinc,
有 人 纳 双 短 短的有人做，

Lix bux sams dois raiz.
有 人 纳 双 长 长的有人缝。

Lix bux daangl guehxaiz haec goy,
有 人 准备 全部 给 哥 有人为你打扮，

Lix bux daangl guehleeux haec goy.
有 人 准备 全部 给 哥 有人为你裁衣。

Yah mengz guehnyib mbaadt yieh xid,
妻子 你 缝制 针 也(手艺) 好 你妻针线好，

Guehnyib mbaadt yieh dih.
缝制 针 也 密 针脚缝得密。

Baizfengz lumc jiyqiq,
巧手 如 缝纫机 手巧如机器，

Baizfengz ndil diuc dih,
巧手　好　缝　密　　　　　　手巧缝得密，

Yah fengz geangx diuc dih.
妻子　手　灵巧　缝　密　　　　　　贤妻缝得密。

Saail:
男　　　　　　男：

Mingh nuangx ndil waanz ndil,
命运　妹　好　又　好　　　　　　妹命好又好，

Danc gec bangz sil xah.
穿（助）布　丝　线　　　　　　穿着丝线衣。

Mingh goy qyas xih danc beah diuc,
命运　哥　差　就　穿　衣服　缝　　　　　　哥命差又差，

Goy laez haz danc bigt gah dez roomc,
哥（助）要　穿　蓝色 独自 染　蓝靛　　　　　　蓝布自己染，

Danc foonx gah dezndaul.
穿　黑　独自　泡染　　　　　　黑布自己泡。

Dianl dangz rauz leeux ruangh,
说　到　咱 完全　愁闷　　　　　　说到咱就愁，

Dianl dangz bix leeux ruangh.
说　到　哥 完全　愁苦　　　　　　说到哥就忧。

Gul duc beahbigt xac mengz soonx,
我 都　蓝衣　等　你　缝　　　　　　我蓝衣等你缝，

Beahfoonx xac mengz xaaiz.
黑衣　等　你　裁　　　　　　黑衣等你裁。

Haaiz diecdinl xac mengz sams,
鞋子　脚底　等　你　纳　　　　　　鞋底等你纳，

Xac mengz sams dois dinc,
等　你　纳 双　短　　　　　　短的等你做，

Xac mengz sams dois raiz.
等 你 纳 双 长 　　长的等妹缝。

Xac mengz daangl guehxaiz haec goy,
等 你 准备 全部 给 哥 　　等你来打扮，

Xac mengz daangl guehleeux haec goy.
等 你 准备 全部 给 哥 　　等你来裁衣。

Mbegt:
女 　　女：

Bix a,
哥啊 　　哥啊，

Goy nauz haz danc bigt gah dez roomc,
哥 说 要 穿 蓝色 独自 染 蓝靛 　　哥说蓝布自己染，

Danc foonx gah dezndaul.
穿 黑 独自 泡染 　　黑布自己泡。

Nauz dangz gul mizxieh,
说 到 我 不相信 　　你说我不信，

Nauz dangz nuangx mizxieh.
说 到 妹 不相信 　　哥说我不信。

Goy laez guehrih lix bux deeul hez byas,
哥 （助） 种地 有 人 挖 沟 山顶 　　你地有人种，

Lix bux bas hez jaangl.
有 人 挖 沟 中间 　　地沟有人挖。

Lix bux xaaiz hozndaangl goons ruangh,
有 人 裁剪 合身 先 妹 　　有人在我前裁衣，

Lix bux daangl hoz danc goons ruangh.
有 人 身 合 穿 先 妹 　　有人在我先缝衣。

Beahbigt mengz mizleangh liel dangz gul bail xaaiz,
蓝衣 你 不会 剩 到 我 去 裁 你衣不等我去裁，

Haaiz diecdinl mizleangh liel dangz gul bail sams.
鞋 脚底 不会 剩 到 我 去 纳　　你鞋不等我去纳。

Bix haz danc xih hams duez maix,
哥哥 要 穿 就 问 个 妻子　　哥要穿问你妻，

Bix haz danc xih hams duez baz.
哥哥 要 穿 就 问 个 妻子　　哥要穿问你媳。

Xaznauz xac ndaanglraz xih yueh,
如果 等 我 就 哄　　说等妹是哄，

Xac ndaanglnuangx xih yueh.
等 妹妹 就 哄　　说等我是骗。

Saail:
男　　男：

Nuangx a,
妹啊　　妹啊，

Goy laez guehrih lac gogt ndongl,
哥（助）种地 下 脚 森林　　哥在山林脚种地，

Raz guangygunq xih ruangh,
咱 光棍 就 愁　　光棍一人心烦忧，

Guangygunq bix xih ruangh.
光棍 哥 就 愁　　光棍一人哥就愁。

Ngonzngonz bix bail rih,
每天 哥 去 地　　哥哥种地回，

Ngonzngonz bix bail naz.
每天 哥 去 田　　哥哥种田归。

Jongs beah ndaangx sizsumz,
件 衣服 脏 （形容词）　　衣服脏又脏，

Mizlix wenz laez sag,
没有 人 什么 洗　　衣服无人洗，

Mizlix wenz laez suah.
没有 人 什么 清洗
衣服无人清。

Goy xih xaaml meehleeuz raanz lac baangh sag,
哥 就 请求 婶婶 家 下 帮忙 洗
请婶婶帮忙，

Xaaml meehbac raanzgenz baangh suah.
请求 伯母 上家 帮忙 清洗
请伯母来清。

Deel bail suah gec sos waaiz haamc,
她 去 清洗（助）小渡口水牛跨越
她在牛塘洗，

Deel bail suah gec gaamx waaiz rongz.
她 去清洗（助）栅栏 水牛 过
她在牛塘清。

Goy xih xians dinl daausmal eeux,
哥（助） 转 脚 回来 家
哥转身到家，

Xians jeeuc daausmal raanz.
转 脚跟 回来 家
哥转身到屋。

Dal yamz ximl yeeuh mingh,
眼 瞅 看 喊 命
看见哭喊天，

Dal yamz liec yeeuh mingh.
眼 瞅 看 喊 命
看见哭喊命。

Mbegt:
女
女：

Goy a,
哥啊
哥啊，

Goy xih basbas duc nauz fih banzeeux,
哥（助）口口声声都 说 未 成家
哥说未成家，

Basbas duc nauz fih banzraanz.
口口声声 说 未 成家
哥讲未立业。

Riel duc bailrih lumc dois al,
你们 都 种地 像 对 乌鸦
地里乌鸦成双对，

Bailnaz lumc dois haans.
种田　像　对　鹅　　田里如鹅成双对。

Bux gaangc bux roxyiel.
个　说话　个　听见　　你相敬如宾，

Ndilriz riel jaaucyah,
羡慕　你们　夫妻　　羡慕你夫妻，

Ndilriz bix jaaucyah.
羡慕　哥　夫妻　　羡慕哥夫妻。

Gah nuangx langcxih ndues fih saanl,
只有　妹妹　才　家　未　编　　妹才未成家，

Gah nuangx langcxih raanz fih xaaux.
只有　妹妹　才　家　未　建　　我才未立业。

Fih xuis jiangs fih xaaux raanzgenl,
未　准备　和　未　建　成家　　未成家立业，

Langclix waanz guangygunq leeux ruangh,
还有　玩　光棍　完全　愁闷　　光棍人就苦，

Menl duc raanz fih xaaux leeux ruangh.
我　都　家　未　建　完全　愁苦　　光棍人就愁。

Saail:
男　　男：

Nuangx a,
妹啊　　妹啊，

ins daans ins saml ruangh mo,
越　诉说　越　心　愁　（助）　　越说越心焦，

mal rauz dungz daans gusndeeul goons ba.
让　咱　相互　诉说　一时　先　吧　　咱先来诉苦吧。

Mbegt:
女

Banz a goy a,
行 嘛 哥 啊

laaul weis hal mizndaix ndai.
怕 我 配 不得 呢

女:

行嘛哥,

怕我配不上呢。

相识·探歌

当一对素不相识的青年男女通过对歌，对彼此有所了解以后，就会相互试探，看看对方是否愿意做自己的爱人。于是乎，他们之间的关系是友情或是爱情？就看这次试探之后的发展了。

Saail: 男:	男:
Nuangx a, 妹啊	妹啊，
Mingh ndil mal dungzxabt, 命运 好 来 相遇	好运来相遇，
Mingh nagt mal dungzbungz. 命 重 来 相逢	命好来相逢。
Mal xamh dianl xamh gaangc, 来 相互 说 相互 说	来一起倾诉，
Mal xamh daans xamh reeul. 来 相互 说 相互 笑	来一起说笑。
Meanhnix bail nac, 现在 去 前	从今往后，
Nyasnix bail genz. 现在 去 上	从现在开始。
Gaangc ndix mengz buxndeeul, 说 跟 你 一人	跟你一个说，

Reeul ndix mengz buxdoh.
笑　跟　你　一人　　与你一人笑。

Gaangc ndix nuangx buxndeeul,
说　跟　妹　一人　　跟妹一个说，

Reeul ndix nuangx buxdoh.
笑　跟　妹　一人　　与妹一人笑。

Mbegt:
女　　女：

Goy a,
哥啊　　哥啊，

Raauz dauc mingh ndil mal dungzxabt raaix a,
我们　都　命运　好　来　相遇　真的　呀　　我们好运来相遇，

Mingh nagt mal dungzbungz.
命　重　来　相逢　　好运来相逢。

Bix nauz xunznix bail nac,
你　说　现在　去　前　　你说从今往后，

Nyasnix bail genz.
现在　去　上　　从现在开始。

Gaangc ndix nuangx buxndeeul,
说　跟　妹　一人　　跟我一个说，

Reeul ndix nuangx buxdoh.
笑　跟　妹　一人　　与我一人笑。

Gul duc nehjaiz gaangc riangz bix,
我　都　想　说话　和　哥哥　　我想与你说，

Nuangx duc nehjaiz gaangc riangz jiml.
妹妹　都　想　说话　和　哥哥　　我想与哥笑。

Laaul xih bijbufsangq,
怕　（助）　比不上　　怕我比不上，

Laaul xih hal mizndaix ga goy a.
怕 （助）配 不得 呢 哥 啊 怕我配不上哥。

Nuangx duc nangh riangz mengz xih lumcbux
妹妹 都 坐 和 你 （助） 好像 与哥说如同

ndaix nangh gaec lauz soongl xaans,
得 坐 那 楼 两 层 住高楼，

lumcbux ndaix nangh gaec lauz saaml xaans.
好像 得 坐 那 楼 三 层 与哥笑如同住大厦。

Lumcbux daans yanfqinf jaanghgaail,
好像 谈 言情 街上 如同在街上谈恋爱，

Banz lumcbux rauz xunz gaail nanghxeeh,
成 好像 咱 玩耍 街 坐车 如同上街能坐车，

Banz lumcbux bail haucjeex nanghxeeh.
成 好像 去 赶集 坐车 如同赶集能坐车。

Laaul mengz nangh riangz gul xih baaisbux nangh
怕 你 坐 和 我（助） 好像 坐 怕你如同坐

biz xiangz ndeeul las,
堵 墙 一 塌 垮一堵墙，

Baaisbux nangh basdah xiangx neengz.
好像 坐 河边 喂 蚊子 如同在河边受蚊叮。

Haais ndaangl beengz leeux mingh,
害 身体 贵 结束 生命 我让你受罪，

Haais ndaangl bix leeux mingh.
害 身体 哥哥 结束 生命 妹让你遭殃。

Saail:
男 男：

Nuangx a,
妹啊 妹啊，

Mengz xih renfcaif yieh meij,
妹 （助） 人才 也 美 妹的人才好，

Zuijbay yieh tianf.
嘴巴 也 甜 妹的嘴儿甜。

Bas xaangh binc,
嘴 善 翻 妹的嘴会说，

Linx xaangh nauz.
舌头 善 说 妹的舌头巧。

Goy yieh wenz buxwic jiangs buxlueh,
哥 也 人 小寨 和 小寨 哥的寨子小，

Buxwic benj mog beas,
小寨 原本 粗鲁 芋头 寨小人粗鲁，

Buxlueh benj mog manz.
小寨 原本 粗鲁 山药 寨小人笨拙。

Gaais guehxamz bius xingh,
样 玩耍 没有 完全 不知道玩耍，

Ndanl guehxuex bius xingh.
个 摆白 没有 完全 不知道摆谈。

Laaul mengz nangh riangz gul seeucnac,
怕 你 坐 和 我 丢脸 怕你没面子，

Nangh riangz bix seeucdal.
坐 和 哥 没面子 怕你觉扫兴。

Haais ndaanglraz waaih xoh,
害 你 坏 名声 怕坏你名声，

Haais ndaanglnuangx waaih xoh.
害 妹妹 坏 名声 怕坏你名誉。

Mbegt:
女　　女：

Bix a,
哥啊　　哥啊，

Laaul gec gul ndunl yieh seeuc gal dangs,
怕 （助）我 站 也 不及 脚 凳子　　我站没凳高，

Nangh yieh seeuc gal xoongz.
坐 也 不及 脚 桌子　　我坐没桌齐。

Ndunl seeuc mengz buxdoh,
站 不及 你 一人　　站也不及你，

Ndunl seeuc bix buxdoh.
站 不及 哥 一人　　站也不及哥。

laaul mengz mal ndunl mal gaangc,
怕 你 来 站 来 说　　你若与我谈，

Mal gaangc mal reeul.
来 说 来 笑　　你若与我笑。

Dogtdal sez seeucnac,
碍眼 和 没面子　　怕你没面子，

Qyasfaz sez waaih xoh.
害羞 和 坏 名字　　怕坏你名声。

laaul mengz baizmal saangl gaauh lauz,
怕 你 来时 高 及 楼　　来时楼样高，

Daausbail saangl gaauh jas.
回去 高 及 炕架　　去时齐炕架。

Dieh lianz meeh bix lianz nuangx
爹 和 妈 哥 和 弟　　亲人不识

miz roxnac gec leg wenz ndil.
不 认识 （助） 儿 人 好　　好儿郎。

Saail:
男

男:

Nuangx a,
妹啊

妹啊,

Bix xih mingh ndil mal xabt,
哥 (助) 命运 好 来 相遇

好运哥来遇,

Mingh nag mal bungz.
命运 重 来 相逢

命好哥来逢。

Baiz mal saangl gaauh jas,
时候 来 高 及 炕架

来时齐炕架,

Baiz daaus saangl gaauh lauz.
时候 回 高 及 楼

回时高及楼。

Isnauz xians dinl daausbail eeux,
如果 转 脚 回去 家

转身回家去,

Xians jeeuc daausbail raanz.
转 脚跟 回去 家

转身回到屋。

Dieh lianz meeh yieh aangs,
爹 和 妈 也 高兴

爹和妈都悦,

Bix lianz goy yieh reeul.
嫂 和 哥 也 笑

哥和嫂都笑。

Bungz gec leg wenz ndil jiangh jiz,
遇到 (助) 儿 人 好 和 值得

遇到好人儿,

Xih haec guansgus dangz byaail,
(助) 给 照顾 到 尾

望照应到头,

Soonl gvaail dangzxeeuh.
教 聪明 一辈子

教好下辈人。

Mbegt:
女 女:

Bix a,
哥啊 哥啊,

Ming ndil xih ngoc,
命运 好 是 我 好运的是我,

Mingh hoc xih mengz.
命运 差 是 你 运气差是你。

Mengz mal genl mal gaangc,
你 来 吃 来 说 你与我说笑,

Mal gaangc mal reeul ndix gec gul bux mizbanz xih.
来 说 来 笑 跟 (助) 我个 不成 (助) 你与我谈心。

Laaul mengz ngonzndeeul seeuc sanc byoml,
怕 你 一天 少 根 头发 一天少根发,

Ngonzndeeul xoml gal deh.
一天 减少 根 筷子 一天少根筷。

Is mengz bail ronl genz ronl lac,
如果 你 去 路 上 路 下 你若去别处,

Mengz xih ngonzndeeul mac sanc byoml,
你 就 一天 长 根 头发 每天长根发,

Ngonzndeeul saangl gal deh.
一天 高 根 筷子 每天长根筷。

Saail:
男 男:

Nuangx a,
妹啊 妹啊,

Goy mal gaangc riangz nuangx,
哥 来 说 跟 妹 哥与妹相诉,

Goy mal gaangc riangz mengz.
哥 来 说 跟 你　　哥与你相商。

Ngonzndeeul mac sanc byoml,
一天 长 根 头发　　每天长根发，

Ngonzndeeul saangl gal deh.
一天 长 根 筷子　　每天长根筷。

Meanhnix bail nac,
现在 去 前　　从今往后，

Nyasnix bail genz.
现在 去 上　　现在开始。

Neh aul mengz gueh ganc,
想 要 你 做 健康　　想你为至爱，

Nagt aul nuangx gueh xinl.
想 要 你 做 至亲　　望你为至亲。

Dax daaml dax mengz la,
赌 又 赌 你 啦　　赌你又赌你，

Dax mengz sius ronlnis bail gvaauc,
赌 你 修 小路 去 山顶　　修路去山顶，

Sius ronl laaux bail jail.
修 路 大 去 远　　修路去远方。

Dax mengz bail xaaux raanz riangz goy,
赌 你 去 造 家 跟 哥　　与哥同建家，

Bail xaaux eeux riangz goy.
去 造 家 跟 哥　　与哥共立业。

Mbegt:
女　　女：

Bix a,
哥啊　　哥啊，

Gul duc neh haz sius ronlnis bail gvaauc,
我 都 想 要 修 小路 去 山顶　　　我想修路去山顶，

Neh haz sius ronl laaux bail saangl.
想 要 修 路 大 去 高　　　修大路到高坡。

Laaul xih dieh lianz meeh miz yinjxij,
怕 （助） 爹 和 妈 不 允许　　　怕爹妈不许，

Bix lianz nuangx miz xic huanq.
哥（嫂） 和弟 （妹）不 喜欢　　　家人不喜欢。

Gul haz bail yieh gaanh,
我 想 去 也 难　　　我想去也难，

Gul haz byaaic yieh gaanh.
想 走 也 难　　　我想走也难。

Laaul gec dieh lianz meeh nauz bail raanz
怕 （助） 爹 和 妈 说 去 家　　　爹妈说上家

genz ndil nanx,
上 好 更　　　人更好，

Bail raanz lac ndil dol.
去 家 下 好 更　　　下家人更强。

Dianl dangz gul xih jigt gueh lauc hauxaais,
说 到 我 就 懒 做 酒 酒酿子　　　懒得为我做甜酒，

Naais gueh lauc hauxyaangz.
累 做 酒 高粱　　　懒得来做高粱酒。

Dianl dangz raz naaisfoih,
说 到 我 累(形容词)　　　说到我就累，

Dianl dangz nuangx naais foih.
说 到 妹 累(形容词)　　　说到妹就懒。

Saail:
男 | 男:

Nuangx a,
妹啊 | 妹啊,

Meanhnix bail nac,
去 去 前 | 从今往后,

Nyasnix bail saangl.
现在 去 高 | 现在开始,

Xeec banz saml xih lings,
舍得 成 心 就 倾斜 | 若有心就来,

Xeec banz mingh xih riangz.
舍得 成 命 就 跟 | 若有缘就跟。

Xinl xih goy haz gac gaisfoonx gueh ngaaiz,
是 就 哥 要杀(助) 黑鸡 做 早饭 | 杀鸡做早饭,

Gac gais raaiz xuangsses.
杀 鸡 花 说媒 | 杀鸡去说媒。

Xuangsses bail dangz eeux,
说媒 去 到 家 | 媒人走到家,

Xuangsses bail dangz raanz.
说媒 去 到 家 | 媒人走到屋。

Laaul mengz bail basxaanz guehnyah,
怕 你 去 阳台 生气 | 怕你把气生,

Bail dullaaux guehnyah.
去 大门 生气 | 在门口生气。

Mbegt:
女 | 女:

Goy a,
哥啊 | 哥啊,

Duc mengz xeecndaix daaml xeecndaix,
赌　你　舍得　又　舍得　　赌你舍得又舍得，

Duc mengz xeecndaix gac gaisfoonx gueh ngaaiz,
赌　你　舍得　杀　黑鸡　做　早饭　　舍得杀鸡做早饭，

Xeecndaix gac gais raaiz xuangsses.
舍得　杀　鸡　花　说媒　　杀鸡来说媒。

Dieh miz xux feax xux,
爹　不　接　我　接　　爹不接我接，

Meeh miz haanl feax haanl.
妈　不　答应　我　答应　　妈不应我应。

Mizhaec xuz xizlaanl cifkuiy,
不给　叔　娃娃　吃亏　　不让你吃亏，

Mizhaec goysaaml feax cifkuiy.
不给　三哥　别人　吃亏　　不让哥吃亏。

相恋·赞歌

两个人从相识、相知到相恋，是千年修来的姻缘。情哥情妹是彼此今生的挚爱，难舍难分……

Saail: 男	男：
Nuangx a, 妹啊	妹啊，
Isnauz haux ndael mbungl banz rib, 如果 稻谷 里 囤箩 成 收	若稻谷成收，
Haux nazxaanh banz goonz. 稻谷 稻田 成 收	若稻谷能割。
Rauz xih xaaml xigt bangz ndeeul uadt haanh, 咱 就 讨要 尺 布 一 擦 汗水	就讨尺布擦汗水，
Ndaix baans bangz nyib xinl. 得 半庹 布 缝 真	得半庹好布，
Baizfengz ndil dazyianh, 手脚 好 一递	巧手把布递，
Baizfengz geangx dazyianh. 手脚 灵巧 一递	巧手递过来。
Bangz mengz uns sil gvaaul, 布 你 软 丝 蜘蛛	你布软如蜘蛛网，
Bangz mengz haaul sil xieh. 布 你 白 丝 野芭蕉	你布白如芭蕉丝。

Danc bail ramx duc ramx miz lail,
穿 去 水 都 水 不 流 载水水不漏，

Ximl deeuz mail duc ngeah,
看 条 线 都 发呆 看线条发呆，

Ximl dalbangz duc ngeah.
看 布眼 都 发呆 看布眼发呆。

Bangz mengz uns lumc dauz,
布 你 软 像 青苔 你布软如苔，

Bangz mengz haaul lumc fug.
布 你 白 像 泡沫 你布白如沫。

Bix xih ximl deeuz mail duc ngeah,
哥（助）看 条 线 都 发呆 看线条发呆，

Ximl mail haaiz duc ngeah.
看 线 鞋子 都 发呆 看鞋线发呆[1]。

Bangz mengz danc bail dangz jahdah,
布 你 穿 去 到 河滩 穿到河滩上，

Byal jahdah duc fuz.
鱼 河里 都 浮 河里鱼都浮。

Wenz jaanghxul duc hanh,
人 城里 都 称赞 城里人都赞，

Xul Xeehlauz duc hanh.
城 册亨 都 称赞 册亨人都赞。

Bangz mengz danc bail dangz dongh lac,
布 你 穿 去 到 田坝 下 穿到下田坝，

Dongh lac haec bassaaml.
田坝 下 给 一百三 下坝人要买。

Bangz mengz danc bail dangz dongh genz,
布 你 穿 去 到 田坝 上 穿到上田坝，

① 以上几句，是赞美女青年赠送的布质量好。

Dongh genz haec bassis,
田坝 上 给给 一百四　　上坝人要买，

Bassis jiangs bashac miz gaail.
一百四 或 一百五 不 卖　　多少都不卖。

Ximl gec baizfengz gvaail nyib dih,
看（助）手脚 聪明 缝 密　　巧手缝得细，

Baizfengz geangx nyib dih.
手脚 巧手 缝 密　　巧手缝得密。

Diuc banz hogt legbih,
缝 成 个 豌豆　　缝成豌豆角，

Diuc banz jis wallianz.
缝 成 枝 莲花　　缝成莲花瓣。

Leeux quanfxianq duc hanh,
全部 全县 都 称赞　　全县人称赞，

Xianq Xeehlauz duc hanh.
县 册亨 都 称赞　　册亨人称赞。

Diuc banz hogt legbih,
缝 成 个 豌豆　　缝成豌豆角，

Diu banz ngvih leghamz.
缝 成 籽儿 苦瓜　　缝成苦瓜籽。

Neh ndanl saml mengz doh,
想 个 心 你 仅仅　　仅想你一人，

Ndanl ganjqinf mengz doh.
个 感情 你 仅仅　　仅想妹一人。

Meanhnix bail nac,
现在 去 前　　从今到往后，

Nyasnix bail saangl.
现在 去 高　　从现在开始。

Mengz xih daangl baz ndil dangzxeeuh,
你 就 当 妻子 好 一辈子　　你就做我妻，

Daangl yah geangx dangzxeeuh.
当 妻子 巧手 一辈子
做我妻一生。

Mbegt:
女
女：

Bix a,
哥啊
哥啊，

Nuangx laez gueh nyib mbaadtjiml miz xid,
妹 （助） 做 针线 针脚 不 好
妹缝衣不齐，

Gueh nyib mbaadtjiml miz ndil.
做 针线 针脚 不 好
我缝衣不好。

Laaul feax hil dangzxeeuh,
怕 别人 议论 一辈子
被议论终生，

Feax hil bix dangzxeeuh.
别人 议论 哥 一辈子
被议论一生。

Is mengz xunz geaz genz geaz lac,
如果 你 玩 地方 上 地方 下
你若别处谈，

Mengz xih ndaix gec bangz dangz dac,
你 （助） 得 （助） 布 整 捆
得布一整捆，

Ndaix gec bangz dangz jianh.
得 （助） 布 整 段
得布一整段。

Xuel duez nuangx xih ndaix soonghxigt
玩 个 妹 （助） 得 两尺
与妹谈得

bangz foonx homs mbas,
布 黑 盖 肩膀
两尺黑布盖肩，

Ndaix saamh baans bangz foonx homs ndaangl.
得 三 半庹 布 黑 盖 身子
得一庹半黑布蔽体。

Xunz ndaangl gul bius xingh,
玩 身 我 没有 完全
跟我一无所有，

Xuel ndaangl nuangx bius xingh.
玩 身 妹 没有 完全 跟妹一无所有。

Saail:
男 男:

Nuangx a,
妹啊 妹啊,

Gec baizfengz mengz xih,
那 手脚 你 啊 你的巧手啊,

Minghndil langc ndaix bax,
好运 才 得 摸 好运才得牵,

Mingh nagt langc ndaix ranl.
命 重 才 得 见 命好才得见。

Ndaix gec baizfengz meanl seeuc ruangh,
得 (助) 手脚 好 少 忧愁 得巧手不愁,

Ndaix gec byaailfengz geangx seeuc ruangh.
得 (助) 手脚 灵巧 少 忧愁 得巧手不忧。

Goy xih jaiz danc bigt ndaix bigt,
哥 (助) 想 穿 蓝色 得 蓝色 哥想穿蓝得蓝,

Jaiz danc sil ndaix sil.
想 穿 丝 得 丝 想穿绸得绸。

Goy xih daangl geiz ndil raanz nyangh,
哥 (助) 当 女婿 好 家 你 哥是你家婿,

Daangl geiz sianx raanz nyangh.
当 女婿 好 家 你 哥是妹的夫。

Mbegt:
女
女:

Goy a,
哥啊
哥啊,

Gul duc byagt bius xih genl mbael mbux,
我 都 菜 无 就 吃 叶 葫芦
我无菜吃葫芦叶,

Yux bius xih xunz gec bux banzraanz.
友 无 就 玩 那 个 成家
无友就恋成家人。

Ngonz ndaix laanz ngonz mbaus,
天 得 拦 天 无
一天相恋一天无,

Ngonz ndaix ranl ngonz mbaus.
天 得 见 天 无
一天相见一天无。

Isyas ndiabt dangz bix,
如果 想 到 哥
只要想到哥,

Isyas ndiab dangz mengz.
如果 想 到 你
只要想到你。

Gul xih xeel gec fenz ndealbol miz head,
我 (助) 放弃那 柴 坡山 不 捆
我弃坡上柴不捆,

Gead dangz nyal dangz haz mal raanz.
扛 (助) 草 (助) 草 来 家
连渣带草扛回家。

Feax xih nauz gec jeecxizlaanl banzbah,
别人 (助) 说那 我 发疯
人说我发疯,

Nauz gec nyanghsaaml feax banzbah.
说 那 阿姨 别人 发疯
人说妹发疯。

Saail:
男
男:

Nuangx a,
妹啊
妹啊,

Goy duc guangygunq gah guehnaz,
哥 都 光棍 独自 种田 　　哥是光棍自种田，

Qyasfaz gah guehrih.
丑陋 独自 种地 　　一人自种地。

Guehrih deengl dieh haz,
种地 是 从 草 　　种地在草丛，

Guehnaz deengl baangx mbos.
种田 是 傍 井 　　种田在井边。

Xos byagt byagt miz dauc,
种 菜 菜 不 长 　　种菜菜不长，

Xos haux haux miz yeeul.
种 稻 稻 不 青 　　种稻稻不青。

Gul laez yah bux ndeeul fih xux,
我（助）妻子个 一 未 娶 　　贤妻我未娶，

Yah bux ndux fih aul.
妻子 个 先 未 要 　　贤妻我未接。

Gul xih xuangssaml jaiz gec mengz buxdoh,
我（助） 真心 想 那 你 一人 　　真心想你一个，

Xuangssaml jaiz gec nuangx buxdoh.
真心 想 那 妹 一人 　　真心想妹一人。

Mbegt:
女 　　女：

Goy a,
哥啊 　　哥啊，

Naz gogtndongl duc lengc lix xumx,
田 树脚 都 还 有 湿润 　　树脚田湿润，

Naz baangxwic baangxmbos duc lengc lix oml.
田 溪边 井边 都 还 有 肥 　　水边田土肥。

Isnauz deengl gec naz byaailgvaauc,
如果 是 那 田 山顶
若是山顶田，

Isnauz deengl gec naz byaailbol.
如果 是 那 田 坡顶
若是坡顶田。

Deel duc dauc dieh haz,
它 都 长 丛 草
它都长了草，

Feax bail ndaail yieh gaanh,
我 去 除草 也 难
我去除草难，

Gul bail logt yieh gaanh.
我 去 拔 也 难
我去拔草难。

Saail:
男
男：

Nuangx a,
妹啊
妹啊，

Goy duc guehrih xac mengz ndaail,
我 都 种地 等 你 除草
种地等你除草，

Guehnaz xac mengz rais.
种田 等 你 耙
种田等你打理。

Bidtgais xac mengz geal,
鸡鸭 等 你 喂
鸡鸭等你喂，

Mul yuangz xac mengz raih.
猪 羊 等 你 打理
猪羊等你管。

Xac mengz raih lengc sianz,
等 你 打理 才 好
等你管才好，

Aul gec baz roonghndianl dis mah,
要（助）妻 月亮 替 妈
要你来替妈，

Roonghndianl nuangx dis meeh.
月亮 妹 替 妈
娶妹来替妈。

Damzxih goy duc ruangh banz faix byasdaadt ruangh xaz,
但是 哥 都 愁 成 树 山崖 愁 丛

愁似独木不成林，

Ruangh banz naz byaailgvaauc ruangh ramx.
愁 成 田 山顶 愁 水

愁似干田没有水。

Faix byasdaadt ruangh xaz duc lix bux fag bux xeeus,
树 山崖 愁 丛 都 有 个 砍 个 照

独木照样有人砍，

Naz byaailgvaauc ruangh ramx duc lix bux gvaadt bux deeul.
田 山顶 愁 水 都 有 个 刮 个 挖

干田照样有人挖。

Xeeuhwenzndeeul xih waangh,
一辈子 （助） 担心

我一辈子担心，

Xeeuhwenz bix xih waangh.
一辈子 哥（助） 担心

哥一辈子忧愁。

Mbegt:
女

女：

Goy a,
哥啊

哥啊，

Xinlraaix miz xinlraaix?
真的 不 真的

是真还是假？

Xinl xih mal rauz guehrih waais dungzjoonc,
是（助）让 咱 种地 棉 合在一起

真心一起种棉花，

Damlrih roomc dungz xos.
种地　蓝靛　一起　放　　　　真意一起种蓝靛[1]。

Bilmos rauz gueh ganl,
明年　咱　做　帕　　　　明年咱做帕，

Bil langl rauz nyumx beah.
年　后　咱　染　衣　　　　后年咱染衣。

Jongs beah dungzxamh xaaiz,
件　衣　共同　裁　　　　衣服一起裁，

Gueh haaiz dungzxamh huns.
做　鞋　共同　模子　　　　做鞋共个模。

Dungzxamh huns lengc zenq,
共同　模子　才　真　　　　共模心才真，

Xinl soonghrauz banzguh,
真　咱俩　成双　　　　真心咱成对，

Rauz soonghbux banzguh.
咱　两个　成双　　　　真意咱成双。

Nuangx yieh laaul mengz yueh bibt juangh nazaans,
妹妹　也　怕　你　哄　鸭　跳　烂田　　　　怕你骗鸭下水，

Yueh haans juangh nazbongz.
哄　鹅　跳　烂田　　　　怕你骗鹅下田。

Ranl gul nacmizmbongl xih yueh,
见　我　不高兴　就　哄　　　　见我愁就哄，

Ranl gul reeulmizdauc xih yueh.
见　我　笑不出　就　哄　　　　见我忧就骗。

① 蓝靛，一种可榨汁染布的植物。

Saail:
男　　　　　　　　　　男:

Nuangx a,
妹啊　　　　　　　　　妹啊,

Bix yieh dah banz seangl langc gaaic,
哥哥 也 河 有 河鬼 才 改　　　　真心哥才讲,

Xinl dazraaix langc nauz.
真心 真的 才 说　　　　真心我才说。

Raz miz dianl guehyueh,
我 不 说 哄骗　　　　咱不去骗你,

Gul miz xuex guehyueh.
我 不 说 哄骗　　　　我不去哄妹。

Isnauz gaangc guehyueh xih daail,
如果 说话 哄骗 就 死　　　　骗人就要死,

Lix wenzlaail dezsoh,
有 大家 作证　　　　有大家作证,

Laail bixnuangx dezsoh.
多 亲戚 作证　　　　有大家证明。

Laaul mengz ndaix jobt sil xih lumz jobt sal,
怕 你 得 草帽 丝 就 忘记 斗笠 纸　　怕你得了草帽忘斗笠,

Ndaix haanz wal xih lumz haanzdaans.
得 扁担 花 就 忘记 扁担　　　　有花扁担就忘旧扁担。

Ndaix gec bux xaangh sens xaangh suans xos fengz,
得 那 个 会 挣 会 算 放 手　　有了精打细算人,

Mengz xih lumz gec gul buxgucbuxnaanh.
你 就 忘记 那 我 苦难的人　　　　忘我这个苦难人。

Laaul mengz danc beahmos xih lumz beahmangl,
怕 你 穿 新衣 就 忘记 旧衣　　　　怕你穿新衣就忘旧服,

Ndaix bux ndil xih lumz gec gul buxnaanh.
得 个 好 就 忘记那 我 苦难的人　　　　有佳人就忘我苦难人。

Mbegt:
女　　　　　　　　女：

Bix a,
哥啊　　　　　　　　哥啊，

Mengz lumz gul miz lumz,
你 忘记 我 不 忘记　　　　　　　　你忘我不忘，

Rumz boons weac lengc xians.
风 吹 云 才 转　　　　　　　　风吹云才转。

Ramx dez gonh lengc lail,
水 流 手镯 才 流　　　　　　　　流水带手镯，

Ndaadt xeeus nidt xeeus nail lengc xieh.
太阳 照 令 照 雪 才 化　　　　　　　　太阳照雪化。

Gul laez ndiabt mengz xos ndaelbas laaul ndunx,
我（助）想 你 放 嘴里 怕 吞　　　　　　　　想你放嘴里怕吞，

Ndiabt mengz xo ndael dungx laaul lail.
想 你 放 里 肚子 怕 流　　　　　　　　想你放肚里怕溶。

Ndiabt mengz xos lac hozsail,
想 你 放 下 喉咙　　　　　　　　想你放在喉咙中，

Bail dul genz yieh neh,
去 门 上 也 想　　　　　　　　上去玩也想，

Xunz dul lac yieh neh.
玩要 门 下 也 想　　　　　　　　下去耍也想。

Saail:
男　　　　　　　　男：

Nuangx a,
妹啊　　　　　　　　妹啊，

Mengz duc bas nauz neh nauz neh,
你 都 嘴巴 说 想 说 想　　　　　　　　口口声声说想哥，

Laaul mengz neh bix xos roongljal byaail raabt.
怕 你 想 哥 放 笋壳 末端 扁担 想我如扁担挑笋壳。

Ngonzleaz ndaadt xih aul gueh liangc,
哪天 晴天 就 要 做 伞 晴天来当伞，

Ngonzleaz feamx jiangs bumz,
哪天 黑 和 阴 若是阴天来。

Mengz xih soonglfengz ndeengl bail naamh,
你 就 两手 推 去 地上 把我扔地上，

Soonglfengz dac bail naamh.
两手 砸 去 地上 把我甩地上。

Gul lengc ndiabt mengz xos ndaelbas laaul ndunx,
我 才 想 你 放 嘴里 怕 吞 我想你放嘴里怕吞，

Ndiabt mengz xos ndael dungx laaul lail.
想 你 放 里 肚子 怕 流 想你放肚里怕流。

Bail beangzjail yieh neh,
去 远方 也 想 去远方也想，

Bail beangzfeax yieh neh.
去 他乡 也 想 去他乡也想。

Duc mengz xeecndaix daaml xeecndaix,
赌 你 舍得 又 舍得 赌你舍得又舍得，

Duc mengz xeecndaix waadrumz haec rumz dangx.
赌 你 舍得 扇风 让 风 停 舍得招手让风停。

Waad ramx haec ramx songz,
招 水 给 水 停 招手让水停，

Haec ramx songz jaucraais.
给 水 停 源头 让水聚源头。

Haec ramx daaus bail genz,
给 水 倒 去 上面 能让水倒流，

Xez deel gul lengc nauz mengz neh.
时 那 我 才 说 你 想 我才说你想。

Mbegt:
女　　女：

Bix a,
哥啊　　哥啊，

Gul duc xeecndaix waadrumz haec rumz dangx.
我 都 舍得 扇风 让 风 停　　我欲招手让风停。

Waad ramx haec ramx songz,
招 水 给 水 停　　招手让水停，

Haec ramx songz jaucraais.
给 水 停 源头　　让水源头聚。

Haec ramx uaais bail genz,
给 水 让 去 上面　　让水倒着流，

Damxxih xez deel mengz mizranl a goy,
但是 时候 那 你 不知 呀 哥哥　　那时你不知，

Faanl deel menl mizrox a goy.
次 那 你 不知 呀 哥哥　　那时你不晓。

Gul duc neh dangz nix xih his,
我 都 想 到 这 就 愁　　想到此就愁，

Ndiabt dangz jis xih mbaanl.
想 到 你 就 愁　　想到此就忧。

Gul duc neh dangz mengz xih ramxdal dogt,
我 都 想 到 你 就 眼泪 落　　想你眼泪滴，

Neh dangz mengz xih ramxdal lail.
想 到 你 就 眼泪 流　　想你眼泪流。

Ramxdal lail dumh mog,
眼泪 流 浸 被子　　眼泪湿被子，

Ramxdal dogt dumh soiz,
眼泪 落 浸 枕头　　眼泪湿枕头，

Ramxdal lail dumh beah.
眼泪 流 浸 衣　　眼泪浸湿衣。

Sagtlaais meeh gueh jeenlbeah waais,
幸好 妈 做 衣袖 棉　　幸好棉衣袖，

Sagtlaais meeh gueh jeenlbeah bangz,
幸好 妈 做 衣袖 布　　幸好布衣袖，

Ramxdal dangz uadt hes.
眼泪 到 擦 干　　泪流能擦干。

Isnauz jeenlbeah sel,
如果 衣袖 书　　衣袖若是书，

Isnauz jeenlbeah sal.
如果 衣袖 纸　　衣袖若是纸。

Ramxdal dangz uadt myonh,
眼泪 到 擦 腐朽　　泪流擦破衣，

Guaq ramx laic uadt myonh.
擦 水 眼珠 擦 腐朽　　泪流擦破袖。

Rauz duc nis nis genl oix dungzdos sanc,
咱 都 小 小 吃 甘蔗 打伙 根　　咱自幼吃根蔗，

Genl manc dungzdos jis.
吃 李子 打伙 枝　　同吃枝头李。

Nis nis ranl dungzhoz,
小 小 见 合心　　从小情意合，

Xibsis rauz duc neh dungzgaauc,
十四 咱 都 想 相恋　　十四欲相恋，

Xibhac rauz duc neh dungzaul.
十五 咱 都 想 相守　　十五欲相守。

Laaul meeh rauz habtdul jangl lac daangs,
怕 妈 咱 关门 关 下 走廊　　怕妈关在走廊上，

Habt duldaanz lac lail.
关 大门 下 梯子　　关在大门梯子下。

Nuangx haz bail yieh gaanh,
妹 想 去 也 难　　妹想去也难。

Gul haz byaaic yieh gaanh.
我 要 走 也 难　　我想走也难。

Saail:
男　　男：

Nuangx a,
妹啊　　妹啊，

Rauz duc nis nis genl oix dungzdos sanc raaix a,
咱 都 小 小 吃 甘蔗 打伙 根 真的 啊　　咱从小吃根蔗，

Genl manc dungzdos jis.
吃 李子 打伙 枝　　同吃一枝李。

Nis nis ranl dungzhoz,
小 小 见 合心　　从小情意合，

Ngonznix mengz gah doz raanzgenl goons goy,
今天 你 独自 去 成家 先 哥哥　　现在你要先成家，

Menl gah byaaic xaauxeeux goons goy.
你 独自 走 安家 先 哥哥　　你要比哥先安家。

Miz daans yieh jaiz daans,
不 诉说 也 想 诉说　　不诉又想诉，

Miz dianl yieh jaiz dianl.
不 说 也 想 说　　不说又想说。

Daans yieh ramxdal dogt,
诉说 也 眼泪 落　　诉说眼泪掉，

Daans yieh ramxdal lail.
诉说 也 眼泪 流　　诉说眼泪落。

Neh dangz yuxdalmbail miz daaus,
想 到 情妹妹 不 回　　想到你不回，

Neh dangz xuicdalmenz miz daaus.
想 到 情妹妹 不 回　　想到妹不归。

Goy bailrih baaihgvaz,
哥 种地 右边　　哥种右边地，

Menl bail naz baaihsoix.
你 去 田 左边　　妹种左边田。

Xians dinl daausmal eeux,
转 脚 回来 家　　转身回到家，

Xians jeeuc daausmal raanz.
转 脚跟 回来 家　　转身回到屋。

Raaus bail woic basdul,
耙 去 挂 门口　　把耙门上挂，

Mul lix gveeuc hizdauh.
猪 还 转 火炕　　猪儿火炕转。

Gais lix suaais baangxfiz,
鸡 还 啄 火边　　鸡在火边啄，

Fiz lix ral raanz roh.
火子还 找 家 外　　火种别家借。

Is goy haz genlhaux,
如果哥 要 吃饭　　我若要吃饭，

Haux lix qyus genzjas.
米 还 在 炕架　　米在炕架上。

Haux lix ruah diec mbungl,
米 还 撒 底 屯箩　　米在屯箩底，

Haz genl bix gah ndiangs.
要 吃 哥 自己 舂　　要吃自己舂。

Damlsas gul yieh rox,
舂米 我 也 会　　舂米我也会，

Damlsas bix miz gungz.
舂碓 哥 不 愁　　舂碓哥不愁。

Gul xih gungz baiz rianh,
我（助） 愁 时候 筛
只愁簸米时，

Baiz rianh deel miz xoomz,
时候 筛 它 不 集中
簸时它不聚，

Xoomz mal xos jauchos.
集中 来 放 膝盖
聚在膝盖上。

Bas bos deel miz bail,
嘴 吹 它 不 去
嘴吹它不去，

Dalgail fuz lumcgaus,
碎米 浮 如初
碎米浮如初，

Doix haux xibnad gas.
碗 饭 十粒 谷
饭碗十粒谷。

Doix haux bas nad binl,
碗 饭 百 粒 碎米
饭碗碎米多，

Dingz genl dingz daic mingh.
一边 吃 一边 哭 命运
边吃边啼哭。

Mbegt:
女
女：

Goy a,
哥啊
哥啊，

Mengz laez bas bas duc nauz fih guehndues,
你 （助）口 口 都 说 未 成家
你说未成家，

Mengz laez bas bas duc nauz fih guehraanz.
你 （助）口 口 都 说 未 成家
你说未立业。

Goy nauz is goy haz genlhaux,
哥 说 如果 哥 要 吃饭
你说若要吃饭，

Haux lix qyus genzjas.
米 还 在 炕架
米在炕架上。

Haux lix ruah diec mbungl,
米 还 撒 底 屯箩　　米在屯箩底，

Haz genl bix gah ndiangs.
要 吃 哥 自己 舂　　要吃自己舂。

Mengz haz yueh xih yueh geac bux banzndues,
你 要 哄 就 哄（助）个 成家　　要哄就哄成家人，

Haz yueh xih yueh geac bux banzraanz.
要 哄 就 哄 那 个 成家　　要骗就骗成家妹。

Naangz damz gvas basdul mengz xazbanh,
公主 才 过 门口 你 刚才　　我刚过你家门前，

Gul duc ranl gec yah mengz danc
我 都见（助） 妻子你 穿　　我见你妻

beahfoonx damlsas,
黑衣服 舂碓　　穿黑衣舂碓，

Danc was dauh gealmul.
穿 裤子 蓝 喂猪　　穿蓝裤喂猪。

Gul damz bungz xazbanh,
我 才 遇到 刚才　　我刚才遇见，

Gul damz gaangc xazbamh.
我 才 说话 刚才　　我刚才招呼。

Sul duc bail rih lumc dois al,
你 都 去 地 像 对 乌鸦　　你俩地里像对鸦，

Bail naz lumc dois haans,
去 田 像 对 鹅　　田里像对鹅，

Baildaaus lumc dois byal.
来回 像 对 鱼　　来回像对鱼。

Deengl soonglriel bausyah,
是 你俩 夫妻　　是你俩夫妻，

Riel soonghbux bausyah.
你们 两个 夫妻　　你们是夫妻。

Riel xih baih rih buxndeeul gah dez qyas,
你们（助）去地 一个 独自 带 锄头　　你种地自带锄，

Baildaaus buxndeeul gah dez fenz.
来回 一个 独自 扛柴　　回来自扛柴。

Mizhaec lunz mengz naanh,
不给 幺 你 苦　　不让你妻苦，

Mizhaec yux mengz naanh.
不给 友 你 苦　　不让你妻累。

Saail:
男　　男：

Nuangx a,
妹啊　　妹啊，

Xihmaz bas bas duc jianlneaz gul banzndues,
怎么 口 口 都 以为 我 成家　　怎么认为我成家，

Bas bas duc nauz bix banzraanz.
口 口 都 说 哥 成家　　怎么认为哥立业。

Mbaanx gul qyus Yinfnanf,
家 哥 在 云南　　我家在云南[1]，

Raanz gul qyus Daqlij.
家 我 在 大理　　哥家在大理。

Sis xuih ramx dez bail,
四 角 水 带 去　　四周有水流，

Ramx dez bail dangz haaic,
水 带 去 到 海　　水带哥到海，

Dez bail haaic ramx uns.
带 去 海 水 软　　水带哥到洋。

① 这里的云南、大理，是指一个大概地方，是唱歌的需要，不是实指。

Isnauz benlbidt benlgais xos ramx fuz,
如果 鸭毛 鸡毛 放 水 飘浮 若是鸡毛鸭毛水上漂，

Xinl gec raanz guangygunq laez bius.
是（助）家 光棍 （助）没有 那时光棍没有家。

Xac gec benlbidt benlgais xos ramx xaml,
等（助） 毛鸭 毛鸡 放 水 沉 若是鸡毛鸭毛会沉底，

Ngonzdeel mengz langc ranl raanz goy.
那天 你 才 见 家 哥 那时你才见哥家。

Mengz laez bas bas duc nauz gul banzeeux,
你 （助）口 口 都 说 我 成家 你说哥成家，

Bas bas duc nauz bix banzraanz.
口 口 都 说 哥 成家 你说哥立业。

Isnauz gul banzeeux,
如果 我 成家 如果我成家，

Isnauz bix banzraanz.
如果 哥 成家 如果我立业。

Ngonznix bol Yinfnanf dingh las,
今天 山 云南 一定 塌 云南山定跨，

Bol basdah dingh nyuangl.
山 河口 一定 塌 河边山定塌。

Wenz jaanghxul dingh waaih,
人 街上 一定 坏 城里人定坏，

Sais jaanghbeangz dingh waaih.
官员 地方 一定 坏 地方官定坏。

Mbegt:
女 女：

Goy a,
哥啊 哥啊，

Mengz duc bas bas nauz fih banzeeux,
你 都 口 口 说 未 成家　　　　你说未成家，

Bas bas nauz fih banzraanz.
口 口 说 未 成家　　　　你说未立业。

Selmingh yah mengz joonc,
八字 妻子 你 合　　　　八字你妻合，

Selfoonx yah mengz gaml.
八字 妻子 你 拿　　　　八字你妻拿。

Gul haz bail yieh gaanh,
我 想 去 也 难　　　　我想去也难，

Gul haz byaaic yieh gaanh.
我 想 走 也 难　　　　妹想走也难。

Isnauz nyas ndaangl naangz rox bogt,
如果 时候 身体 公主 会 翻　　　　若会翻跟斗，

Ngog ndaangl naangz rox bians.
摇 身体 公主 会 变　　　　摇身我会变。

Gul xih bians gueh soonglduez rog fead jal,
我 就 变 做 两只 鸟 翅膀 浅色　　　　变成两只浅翅鸟，

Bians gueh soonglduez al fead dauh.
变 做 两只 乌鸦 翅膀 蓝色　　　　变成两只蓝翅鸟。

Mbinl bail qyus lac weac ximl mengz,
飞 去 在 下 云 看 你　　　　飞去云下看你，

Xunz dinlmbenl liec goy.
玩耍 天底 看 哥　　　　飞去天底看哥。

Bians banz gal xoongzros,
变 成 脚 织布机　　　　变成织布机，

Bians banz gos basdul.
变 成 石墙 门口　　　　变成门前梯。

Rauz ndaix ranl hadthamh,
咱 得 见 早晚　　　　早晚能相见，

Ndaix gamlfengz hadthamh.
得 牵手 早晚

时时能相依。

Saail:
男

男:

Nuangx a,
妹啊

妹啊,

Mengz nauz selmingh yah bix joonc,
说 八字 妻子 哥 合

你说八字我妻合,

Selfoonx yah bix gaml.
八字 妻子 哥 拿

八字我妻拿。

Mengz haz bail yieh gaanh,
你 想 去 也 难

你想去也难,

Menl haz byaaic yieh gaanh.
你 想 走 也 难

妹想走也难。

Selmingh bix fihlix wenz laez joonc,
八字 哥 没有 人 谁 合

哥八字没人合,

Selfoonx bix fihlix wenz laez gaml.
八字 哥 没有 人 谁 拿

我八字没人拿。

Mengz haz mal jiangl ngaaih,
你 要 来 一定 简单

你要来简单,

Menl haz byaaic jiangl ngaaih.
妹 要 走 一定 简单

妹想走容易。

Isnauz nyas ndaangl gvaangl rox bogt,
如果 时候 身体 王子 会 翻

若会翻跟斗,

Ngog ndaangl bix rox bians.
摇 身体 哥 会 变

摇身哥会变。

Gul xih bians banz dagt bail gvax,
我 (助) 变 成 蚂蚱 去 盘旋

变成蚂蚱飞,

Bians banz mbax bail mbinl.
变　成　蝴蝶　去　飞　　　　变成蝴蝶舞。

Mbinl bail duh naezjobt,
飞　去　停　帽檐　　　　飞去停帽檐，

Mbinl bail dogt jaanglfengz.
飞　去　落　手心　　　　飞去落手心。

Mengz haz gac laez xuangs?
你　要　杀　或　放生　　　　你是杀是放？

is mengz xuangs xih banz duezmbax,
如果你　放生　就　成　蝴蝶　　　　放生成蝴蝶，

Gac xih banz legwenz,
杀　就　成　人　　　　杀死变成人，

Gul xih daail jaanghfengz leg mah.
我（助）死　手心　儿　妈　　　　死在妹手心。

Nuangx a,
妹　啊　　　　妹啊，

Mengz nauz is ndaangl naangz rox bogt,
你　说　如果　身体　公主　会　翻　　　　你说若会翻跟斗，

Ngog ndaangl naangz rox bians.
摇　身体　公主　会　变　　　　摇身你会变。

Bians banz gal xoongzros,
变　成　脚　织布机　　　　变成织布机，

Bians banz gos basdul.
变　成　石墙　门口　　　　变成门前梯。

Rauz ndaix ranl hadthamh,
咱　得　见　早晚　　　　咱得早晚见，

Ndaix gamlfengz hadthamh.
得　牵手　早晚　　　　手得早晚牵手。

Isnauz nyas ndaangl gvaangl rox bogt,
如果　时候　身体　王子　会　翻　　　　若会翻跟斗，

Ngog ndaangl gvaangl rox bians.
摇 身体 王子 会 变　　摇身哥会变。

Gul xih bians banz dagt bail gvax,
我（助）变 成 蚂蚱 去 盘旋　　变成蚂蚱飞，

Bians banz mbax bail mbinl.
变 成 蝴蝶 去 飞　　变成蝴蝶舞。

Mbinl bail duh xuangzros,
飞 去 停 织布机　　停在织布机，

Gaaisnix ros meeh laez ros naangz?
这个 布 妈 或 布 公主　　这是谁的布？

Ros meeh bix xih xaaml,
布 妈 哥 就 讨要　　妈布哥就讨[1]，

Ros naangz gul xih xies.
布 小姐 我 就 借　　妹布哥就借。

Xies saaml soml gueh fad,
借 三 庹 做 腰带　　三庹做腰带，

Xies xadt soml gueh beah.
借 七 庹 做 衣服　　七庹做衣裳。

Nuangx a,
妹啊　　妹啊，

Jaiz xih basjiml haec deel xid,
想 就 针尖 给 它 平　　想我针尖让它平，

Mbaabtnyib haec deel dih,
针脚 给 它 密　　针脚让它密，

Sis xuih haec deel doongl.
四 角 给 它 宽　　四角让它宽。

---

[1] 妈，指女青年（女友）的母亲。下文的岳父、岳母，也是指女青年（女友）的父亲、母亲。

Bux mizrox xih mbangxnauz dal seangc goiz,
人 不知道（助） 以为 岳父 赠 女婿 别人以为岳父给，

Bux mizrox xih mbangxrauz daais seangc gul,
人 不知道（助） 以为 岳母 赠 我 以为岳母赠，

Laaizlaez saaul jaanghbeangz seangc goy.
其实 女友 人间 赠 哥 其实妹送哥。

Mbegt:
女 女：

Goy a,
哥啊 哥啊，

Isnauz nyas ndaangl naangz rox bogt,
如果 时候 身体 小姐 会 翻 若会翻跟斗，

Ngog ndaangl naangz rox bians.
摇 身体 小姐 会 变 摇身妹会变。

Nuangx xih bians banz soonghduez rog bas haaul,
妹 就 变 成 两只 鸟 嘴 白 变成两只鸟，

Mbinl bail daauz genl mas.
飞 去 讨 吃 果 飞去讨果吃。

Bas oms maslingxjingx,
嘴 含 拐枣 嘴含颗拐枣，

Bix duc ndaangl ndil lumc duezfungh.
哥 都 身体 好 像 凤凰 哥身像凤凰。

Duezfungh laez duez raanz?
凤凰 或 只 家 家牲或凤凰？

Gah banz laez sianl songs.
独自 成 或 仙 送 自成或仙赐。

Ngonznix goy xih duezfungh laez duezsianl?
今天 哥（助） 凤凰 或 神仙 哥是凤凰或神仙？

Banzmaz dianl haec gul neh naaus? 为什么 说 给 我 想 永远	为何让我念永远？
Saail: 男	男：
gul duc neh haz xians dinl daausbail eeux, 我 都 想 要 转 脚 回去 家	我想转回家，
xians jeeuc daausbail raanz. 转 脚跟 回去 家	哥想转回屋。
Daausbail eeux bux mbaanl, 回去 家 个 糟糕	回到自己家，
Waangl bail raanz guangygunq. 走 去 家 光棍	回到光棍屋。
Byah xih byah[1] gec fad, 分离（助）分离（助）腰带	分就分腰带，
Byah xih byah gec ganl. 分离（助）分离（助）帕子	离就离帕子。
Bux dungzjaiz miz byah, 个 恩爱 不 分离	恩爱不分离，
Dungzjaiz bix miz byah. 恩爱 哥 不 分离	恩爱哥不弃。
Mbegt: 女	女：
Bix a, 哥啊	哥啊，

① byah，分离。分腰带及下句的离帕子，指人身体与腰带、帕子分开（离），这里隐喻人与物可分离，人与人不分离。

Bail xaux daausmal xaux,
去 早 回来 早 早去早回来，

Daausmal daux sianl jams.
回来 支撑 园 绛草 回来看绛草。

Daausmal qyams sianl wal,
回来 拜 园 花 回来看花园，

Daausmal daux ramxdal xoixruangh,
回来 安慰 眼泪 我 回来安慰我，

Daausmal gval ramxlaic xoixruangh.
回来 擦 眼泪 我 回来擦我泪。

Saail:
男 男：

Byah mengz lo jis faix neengz byal,
分别 你 （助） 枝丫 顶 山崖 离开枝上丫，

Byah mengz lo jis wal lianz lux.
分别你 （助） 枝 花 和 柳树 离开花和柳。

Byah mengz lo jis yux dalmbail,
分别你 （助） 友 友 漂亮(形容词) 离开情妹妹，

Ngonznix goy dingz bail dingz daic,
今天 我 一边 去 一边 哭 我边走边哭，

Ngonznix goy daic mingh soonghrauz.
今天 我 哭 命运 咱俩 只为咱俩命。

Nauz xaiz rauz xih byah,
说 完 咱 就 分离 说完咱分离，

Nauz leeux rauz xih byah.
说 完 咱 就 分离 说完就分离。

Mbegt:
女　　女:

Byah mengz lo jis faix,
分离你 （助） 枝丫　　离开树枝丫,

Byah mengz lo jis ngaaih.
分离 你 （助）枝 艾草　　离开艾草条。

Daangs baaih rauz daangs bail,
另外 边 咱 另外 去　　咱俩各一边,

Xiz deeuz mail ndeeul raangh.
留 条 线 一 牵　　留根线来牵。

Xiz haec daangh ndeeul fuz.
留 给 藤 一 飘浮　　让根藤来连。

Xohrez rauz daaus mos,
今后 咱 回来 又　　今后咱相会,

Xohrez nuangx daaus mos.
今后 妹 回来 又　　今后妹再来。

相思·苦歌

都说相思甜，甜蜜在心里；都说相思苦，愁苦漫无边。爱情中也有离别的煎熬与漫长的等待，“人生无奈别离何，夜长嫌梦短，泪少怕愁多”。个中滋味，更与谁人说？

Saail: 男	男：
Nuangx a, 妹啊	妹啊，
Mengz maz ngaaiz miz os raanz, 你 怎么 午饭 不 出 家	为何饭后不出门，
Genl xauz miz os luangs. 吃 晚饭 不 出 寨	饭后不出户。
Os luangs mal goy laanz, 出 寨 让 哥 拦	出门让哥瞧，
Os raanz mal goy neenh. 出 家 让 哥 看	出户让哥看。
Hamh hamh goy duc xunz, 晚 晚 哥 都 游逛	每晚哥都游，
Henz henz gul duc xianh. 夜 夜 我 都 游逛	夜夜我都逛。
Xianh bail dangz reegt ros, 游逛 去 到 旁边 屋檐	游逛屋檐边，

Duljos habt laez haail?
朝门 关 或 关　　　　朝门开没开?

Basgvaail ninz laez nangh?
嘴巧 睡 或 坐　　　　情妹睡没睡?

Nangh xih bix ndaix xunz,
坐 （助）哥 得 玩耍　　　　没睡哥来耍,

Ninz xih gul daaus laangs.
睡 （助）我 回来 空　　　　睡了我就回。

Goy dais baaihlaez mal?
哥 从 何方 来　　　　哥从何方来?

Gvas xib baanz guc naangh,
过 十 平坦 九 岭　　　　过十谷九岭,

Gvas xib naangh guc baanz.
过 十 岭 九 平坦　　　　过十岭九谷。

Dangz reegt raanz lo goy,
到 旁边 屋檐（助） 哥　　　　哥到屋檐边,

Dangz reegt mbaanx lo goy.
到 旁边 寨子 （助） 哥　　　　哥到寨子旁。

Mal nuangx daans runglhaux,
让 妹 打算 煮饭　　　　妹来把饭煮,

Mal nuangx daans rungl xauz.
让 妹 打算 煮 晚饭　　　　我来把米淘。

Wenz nois laez wenz laail?
人 少 或 人 多　　　　人多还是少?

Wenz nois rungl sis gaail①.
人 少 煮 四 量米筒　　　　人少煮四筒。

Wenzlaail rungl deeuhidt deeuhngih,
人多 煮 十一斤 十二斤　　　　人多十余斤,

① gaail,量米筒。布依族过去用竹筒作量米筒,一筒米约2两。

Deeuhsis jiangs deeuhhac miz dangz.
十四斤 或 十五斤 不 够

十余斤不够。

Rauz xih haux genz rangl xos mos,
咱 （助） 米 上 筛子 放 又

筛上米来补，

Saanl genz ndongx xos mos.
米 上 簸箕 放 又

簸上米来添。

Saail:
男

男：

Nuangx a,
妹啊

妹啊，

Hocrauz liez naanz daaml liez naanz,
咱们 分离 久 又 分离 久

咱俩分离久又久，

Liez gec lac xaanz dauc radtganh.
分离 （助）下晒台 长 木耳

离久晒台长木耳。

Liez bins deenh nangh dauc hazmenl,
分离 直到 地方 坐 长 细茅草

坐位长茅草，

Deenh xunz dauc haz uns.
地方 玩耍 长 茅草 嫩

玩处长茅草。

Haz uns banz soongl eeux,
茅草 嫩 成 两 摘

嫩草已长高，

Haz uns banz soongl raangz.
茅草嫩 成 两 笋

嫩草已长老。

Liez naanz saaul miz renq,
分离 久 女友 不 认

离久妹不理，

Liez naanz nuangx miz renq.
分离 久 妹 不 认

离久妹不认。

Nuangx a,
妹啊　　　　　　　　妹啊，

Mengz lumz gul miz lumz?
你 忘记 我 不 忘记　　　　　　　　你忘我不忘？

Rumz bos weac lengc xians.
风 吹 云 才 转　　　　　　　　风吹云才转。

Ramx lail gonh lengc lail,
水 流 手镯 才 漂　　　　　　　　水流镯才漂，

Ndaadt dangz nail langc xieh.
阳光 照 雪 才 化　　　　　　　　日晒雪才化。

Faangz dez bail xih gaanh,
鬼 缠 去 才 欠缺　　　　　　　　死了才无法，

Saailhoz xamx xih gaanh.
喉咙 凉 才 欠缺　　　　　　　　断气才无法。

Goy duc neh haz bail genlhaux,
哥 都 想 要 去 吃饭　　　　　　　　哥也想吃饭，

Bix duc neh haz bail genl xauz.
哥 都 想 要 去 吃 晚饭　　　　　　　　想去吃晚饭。

Haec gec ndaangl soonglrauz xamh nangh,
给 （助） 身 咱俩 一起 坐　　　　　　　　咱俩坐一排，

Rauz soonglbux xamh nangh.
咱 两个 一起 坐　　　　　　　　咱俩坐一边。

Laaul gec goy riangz bix naches,
怕 （助） 哥 和 嫂 苦脸　　　　　　　　怕哥嫂板脸，

Boh lianz meeh nachanl.
爹 和 妈 愁眉苦脸　　　　　　　　怕爹妈不悦。

Goy haz ranl yieh gaanh,
哥 要 见 也 难　　　　　　　　哥要见也难，

Gul haz byaaic yieh gaanh.
我 要 走 也 难　　　　　　　　哥要走也难。

Mbegt:
女 | 女:

Bix a,
哥啊 | 哥啊,

Hocrauz liez naanz daaml liez naanz,
咱们 分离 久 又 分离 久 | 咱俩分离久又久,

Liez gec lac xaanz dauc radtganh.
分离(助)下 晒台 长 木耳 | 离久晒台长木耳。

Liez bins deenh nangh dauc hazmenl,
分离 直到 地方 坐 长 细茅草 | 离久坐位长茅草,

Deenh xunz dauc haz uns.
地方 玩耍 长 茅草 嫩 | 玩处长茅草。

Haz uns banz soongh eeux,
茅草 嫩 成 两 摘 | 嫩草会拔节,

Haz uns banz soongh raangz.
茅草 嫩 成 两 笋 | 嫩草已长高。

Liez naanz saaul xih ruangh,
分离 久 女友 就 愁 | 离久妹就忧,

Liez naanz nuangx xih ruangh.
分离 久 妹 就 忧 | 离久妹就愁。

Is goy banz saml mal genlhaux,
如果 哥 成 心 来 吃饭 | 哥若有心来吃饭,

Is goy banz saml mal genlxauz.
如果 哥 成 心 来 吃晚饭 | 哥若有意吃晚饭。

Deeh lianz meeh duc yinjxij,
爹 和 妈 都 允许 | 爹妈都允许,

Bix linaz nuangx duc aangsyaangh.
兄 和 妹 都 喜悦 | 兄妹都喜悦。

Xac gec bix samlmeal saec meeh,
等（助）哥 专一 伺候 妈妈
等哥伺候妈，

Xac gec legsaail feax saec meeh.
等（助）儿子 别人 伺候 妈妈
等哥伺候娘。

Saail:
男
男：

Nuangx a,
妹啊
妹啊，

Mengz nauz dieh lianz meeh duc yinjxij,
你 说 爹 和 妈 都 允许
你说爹妈都允许，

Bix linaz nuangx duc aangsyaangh.
兄 和 妹 都 喜悦
兄妹都喜悦。

Xac gec bix samlmeal saec mah,
等（助）哥 专一 伺候 妈妈
等哥伺候妈，

Xac gec legsaail feax saec mah.
等（助）儿子 别人 伺候 妈妈
等哥伺候娘。

Xinlraaix miz xinlraaix?
真心 不 真心
是真还是假？

Xinl xih bix haz byaaic raanz nuangx,
真心 就 哥 要 走 家 妹
真心走妹家，

Xinl xih bix haz byaaic raanz menl.
真心 就 哥 要 走 家 妹
真心走妹屋。

Bix haz daans yeeuh boh nuangx gueh dal,
哥 要 准备 喊 爹 妹 做 岳父
喊爹叫岳父，

Yeeuh meeh raz gueh dais.
喊 妈妈 你 做 岳母
喊妈做岳母。

Laaul xih geiz roonghndianl miz saaih,
怕 （助）女婿 月亮 不 好
怕我当不好女婿，

Daais roonghndianl miz jaiz.
外婆 月亮 不 想　　外婆不想哥。

Dangz mbagtlail miz yeeuh,
到 梯子 不 喊　　门口妈不唤，

Lacraanz nuangx miz yeeuh.
寨脚 妹 不 喊　　寨脚妹不喊。

Mbegt:
女　　女：

Bix a,
哥啊　　哥啊，

Goiz roonghndianl yieh saaih,
女婿 月亮 也 好　　月亮女婿好，

Daais roonghndianl yieh jaiz.
外婆 月亮 也 想　　外婆也想哥。

Haec mengz dangz mbagtlail byaaic bauh,
给 你 到 梯子 走 快　　让你梯前走得快，

Dangz reegtraanz byaaic bauh.
到 寨脚 走 快　　寨脚走得急。

Nuangx gul duc nauz jiejfuy gvas lac xaanz,
妹 我 都 说 姐夫 过 下 晒台　　我妹说姐夫过晒台，

Mal raanz lo jiejfuy.
来 家 （助） 姐夫　　姐夫家里来。

Laaul xih mbagtlail raanz nuangx saangl,
怕 （助） 梯子 家 妹 高　　怕妹家梯子高，

Mengz miz waangl raanz nyangh.
你 不 走 家 妹(自称)　　你不走妹家。

Raanz nuangx laez xaaus miz jiangz[①],
家 妹 （助） 锅 不 铁三脚 妹家无锅无三脚，

Laaul mengz neh haz riangz yieh gaanh,
怕 你 想 要 跟 也 难 怕你要来也难，

Gvaail haz byaaic yieh gaanh.
你 要 走 也 难 你不走我家。

Saail:
男 男：

Nuangx a,
妹啊 妹啊，

Goy duc neh haz byaaic raanz nuangx,
哥 都 想 要 走 家 妹 哥想走妹家，

Goy duc neh haz byaaic raanz mengz.
哥 都 想 要 走 家 你 哥想走你家。

Dinl daz qyagt henc daangs,
脚 一 抬 上 门口 抬脚到门口，

Dinl daz qyaams henc lail.
脚 一 抬 上 梯子 抬脚上石梯。

Raanz nuangx basdaangs xaamx gaisgail,
家 妹 阳台 雕 野鸡 妹家阳台雕野鸡，

Mbagtlail xaamx duezfungh.
梯子 雕 凤凰 梯子雕凤凰。

Byaaic dangz jaangljomh raanz nuangx,
走 到 中间 家 妹 走到妹家里，

Byaaic dangz jaangljomh raanz mengz.
走 到 中间 家 你 走到你家中。

① jiangz，指铁三脚。布依族灶房于用支撑锅煮饭的铁三脚。

Raanz nuangx ndoongs lumc jiml,
家 妹 亮 像 金 　　妹家亮如金。

Ximl lumc raanz befjiny,
看 像 家 北京 　　好似北京房，

Ximl lumc eeux befjiny.
看 像 家 北京 　　好似北京房。

Mbegt:
女 　　女：

Bix a,
哥啊 　　哥啊，

Raanz nuangx deengl gec ndanl raanz
家 妹 是 （助） 栋 家 　　妹家是芭蕉树下

nis gogt joic,
小 脚 芭蕉 　　小房子，

Ndanl raanz roix lac ronl.
栋 家 烂 下 路 　　路边烂房子。

Onl bail byaz soonglbaaih,
刺 去 拦 两边 　　荆棘两边拦，

Laaul mengz miz byaaic raanz nuangx,
怕 你 不 走 家 妹 　　你不去妹家，

Laaul mengz miz byaaic raanz gul.
怕 你 不 走 家 我 　　你不走我家。

Is mengz byaaic raanz nuangx,
如果 你 走 家 妹 　　你若去妹家，

Is mengz byaaic raanz gul.
如果 你 走 家 我 　　你若走我家。

Laaul xih onl bail wadt galwas,
怕 （助） 刺 去 挂 裤脚 　　怕刺挂你脚，

Onl bail wadt wacfengz.
刺 去 挂 手 怕刺挂你手。

Haais gec leg wenz ndil leeux mingh,
害 （助）儿 人 好 结束 性命 害哥丢性命，

Haais gec ndaangl gvaanl feax leeux mingh.
害 （助） 身 丈夫 别人 结束 性命 害你丢性命。

Saail:
男 男：

Nuangx a,
妹啊 妹啊，

Is mengz gaabt dah duc ndaix byal.
如果 你 拦 河 都 得 鱼 拦河就得鱼，

Rog naz duc ndaix haux.
薅 田 都 得 稻谷 薅田就得稻谷。

Raanz nuangx sis mianh daux dinl lail,
家 妹 四 面 接 脚 梯子 妹家四面有梯子，

Is bix deengl legmbegt,
如果 哥 是 女孩 哥若女儿身，

Bix duc nehjaiz bail gueh baex meeh mengz.
哥 都 想 去 做 儿媳 妈 你 定做妈儿媳。

Hamz xih mingh legsaail,
可惜（助） 命 男孩 可惜是男孩，

Daail yieh qyus buxwic buxlueh.
死 也 在 小寨 小寨 死也在小寨。

Buxwic xih mog beas,
小寨 （助）粗鲁 芋头 小寨人粗鲁，

Buxlueh xih mog manz.
小寨 （助） 粗鲁山药 小寨人嘴拙。

Guehxamzreeul doonh doh,
开玩笑 段 一 　　玩笑开一半，

Aul dungzndaix doonh doh.
要 一起 段 一 　　恋爱谈一半。

Bix laez buxdoh jigt guehwaais,
哥（助）一人 懒 种棉 　　哥是一人懒种棉，

Buxdoh naais gueh hoongl.
一人 累 做 活 　　一人懒做活。

Jigt gueh hoongl xiangx bas,
懒 做 活 养 嘴 　　懒做活糊口，

Jigt aul nyas jiangs aul haz xiangx raanz.
懒 要 渣 和 要 草 养 家 　　懒做活养家。

Mbaanl joonc rauz buxdoh,
糟糕 集中 咱 一人 　　糟是哥一个，

Mbaanl joonc bix buxdoh.
糟糕 集中 哥 一人 　　糟是哥一人。

Mbegt:
女 　　女：

Bix a,
哥啊 　　哥啊，

Mengz nauz goy xih leg buxwic,
你 说 哥（助）子女 小寨 　　你说寨子小，

Bix xih leg buxlueh.
哥（助）子女 小寨 　　你说寨子偏。

Buxwic xih mog beas,
小寨 （助）粗鲁 芋头 　　小寨人粗鲁，

Buxlueh xih mog manz.
小寨 （助）粗鲁 山药 　　小寨人嘴拙。

Guehxamzreeul doonh doh,
开玩笑 段 一 玩笑开一半，

Aul dungzndaix doonh doh.
要 一起 段 一 恋爱谈一半。

Meeh nuangx xuangs gueh baex buxwic,
妈 妹 留 做 媳妇 小寨 妈让我做小寨媳，

Meeh nuangx xuangs gueh baex buxlueh.
妈 妹 留 做 媳妇 小寨 娘让我做小寨媳。

Baex buxwic ndaix genl beas,
媳妇 小寨 得 吃 芋头 小寨有芋头，

Baex buxlueh ndaix genl sez.
媳妇 小寨 得 吃 山药 小寨有山药。

Ndaix dangz el haec meeh,
得 整 背 给 妈 得整背给妈，

Aul dangz lox haec meeh.
得 整 篮 给 妈 得整篮给娘。

Saail:
男 男：

Nuangx a,
妹啊 妹啊，

Isnauz xinl dazraaix,
如果 真 真的 如果是真心，

Goy haz haec dieh aul gaec beas dangz el,
哥 将 给 爹 要（助）芋头 整 背 我给爹整背芋头，

Bix haz haec meeh aul gaec sez dangz lox.
哥 将 给 妈 要（助）山药 整 篮 哥给妈整篮山药。

Bix haz bail jeex deems duez nuangx,
哥 要 去 集市 等 个 妹 去场上等你，

Bix haz bail jeex deems duez menl.
哥 要 去 集市 等 个 妹 去集上等妹。

Goy xih ndiabt mengz saamhngonz aul gueh hoobt,
哥（助）想 你 三天 当 做 周 想你三天当七天，

Xadtngonz aul gueh ndianl.
七天 当 做 月 七天当一月。

Jiez genz goy miz gaangc,
地方上面 哥 不 说 别处哥不理，

Jiez lac goy miz haanl.
地方下 哥 不 应 别处哥不应。

Saml joonc mengz buxdoh,
心 集中 你 一人 心想你一人，

Saml joonc nuangx buxdoh.
心 集中 妹 一人 心想妹一人。

Mbegt:
女 女：

Bix a,
哥啊 哥啊，

Nuangx duc ndiabt mengz saamhngonz
妹 都 想 你 三天 妹想你

aul gueh hoobt,
当 做 周 三天当七天，

Xadtngonz aul gueh ndianl.
七天 当 做 月 七天当一月。

Dianl gec mengz buxdoh,
说（助）你 一人 心想你一人，

Dianl gec bix buxdoh.
说（助）哥 一人 心想哥一人。

Ndiabt aul mengz guehndues,
想 要 你 成家 想与你成家，

Ndiabt aul bix guehraanz.
想 要 哥 成家 想与哥立业。

Wanz aul gvaail xamh xeeuh,
想 要 你 共同 一辈子 与你共一生，

Wanz aul bix xamh xeeuh.
想 要 哥 共同 一辈子 与哥共一生。

Ndiabt mengz aul xos bas laaul ndunx,
想 你 要 放 嘴里 怕 吞 想你放嘴里怕吞，

Ndiabt mengz aul xos dungx laaul lail.
想 你 要 放 肚子 怕 流 想你放肚里怕流。

Ndaix bail hoz lengc ruih,
得 去 喉咙 才 解 得了心才落，

Ndaix bail dungx lengc ruih.
得 去 肚子 才 解 得了心才宽。

Saail:
男 男：

Nuangx a,
妹啊 妹啊，

Janghhadt al raiz roomh,
早上 乌鸦 叫 早 天亮乌鸦啼，

Janghhamh al raiz gvaaiz.
晚上 乌鸦 叫 晚 天黑乌鸦叫。

Reeuz nuangx gvaail banz guh,
传言 妹 聪明 成 双 传言妹成双，

Reeuz leg feax banz raanz.
传言 儿 别人 成 家 传言你成家。

Al reeuz laail gul waangh,
乌鸦 传言 多 我 担心 | 乌鸦让我忧，

Waangh sez daadt waangh xaz.
担心 如 悬崖 悬挂 丛 | 忧如崖上树。

Daadt waangh xaz duc lix wenz soix,
悬崖 担心 丛 都 有 人 套 | 崖上树丛有人撑，

Soic waangh riez duc lix riez dez.
耳环 担心 耳朵 都 有 耳朵戴 | 耳环有耳戴。

Gul waangh mengz nanxnoih,
我 担心 你 最多 | 我担心妹最多，

Gul waangh nuangx nagtnoih.
我 担心 妹 最多 | 我担心你最多。

Mbegt:
女 | 女：

Goy a,
哥啊 | 哥啊，

Janghhamh al raiz labt,
晚上 乌鸦 叫 黑 | 天黑乌鸦叫，

Janghhadt al raiz roomh.
早上 乌鸦 叫 早 | 天亮乌鸦啼。

Al raiz booms jauc gaail,
乌鸦叫 山峰 头 街 | 乌鸦叫山头，

Reeuz bix gvaail ndaix yah.
传言 哥 聪明 得 妻子 | 传言哥娶妻。

Nuangx laez bibt qyus dongh laaul al,
妹 （助）鸭 在 田坝 怕 乌鸦 | 田鸭惧乌鸦，

Byal qyus hongz laaul nah.
鱼 在 水塘 怕 水獭 | 塘鱼怕水獭。

Nangh baus feax laaul beeul,
坐 （玩）丈夫别人怕 得罪
与你相会怕犯错，

Xeeuhwenzndeeul laaul sais.
一辈子 怕 官司
一生怕官司。

Isnauz banz sais mbaaus,
如果 成 官司 男友
如果是男友，

Isnauz banz sais saaul,
如果 成 官司 女友
如果是女友，

Xahfaz xadtdeeuhngih.
链条 七十二斤
链条七十二斤重。

Isnauz banz sais yux,
如果 成 官司 友
如果是恋人，

Isnauz banz sais mbaaus,
如果 成 官司 友
如果是情人，

Xah xug hoz dangz nac sais.
绳子捆 脖子 到 面前 官员
绑到官员前。

Sais aul qyaangx woic hoz,
官员 要 砍刀 架 脖子
刀架脖子上，

Rauz xih eeul lix goz dungzxoh.
咱 （助） 颈 还 弯 相视
曲颈与相向。

Sais aul qyaangx woic eeul,
官 拿 砍刀 架 后颈窝
拿刀架颈窝，

Rauz xih reeul dungzxoh.
咱 （助） 笑 相视
咱以笑相向。

Saail:
男
男：

Nuangx a,
妹啊
妹啊，

Bix yieh bidt qyus dongh laaul al,
哥 也 鸭 在 田坝 怕 乌鸦 田鸭惧怕鸦，

Byal qyus hongz laaul nah.
鱼 在 水塘 怕 水獭鱼 塘鱼怕水獭。

Bix yieh nangh yah feax laaul beeul,
哥 也 坐 （玩）妻子别人怕 得罪 与你相会怕犯错，

Meeuzwenzndeeul laaul sais.
一辈子 怕 官司 一生怕官司。

Saih gvaanl mengz sais laaux,
官司 丈夫 你 官司 大 你夫官司大，

Saih jaauc mengz sais hungl,
官司 丈夫 你 官司 大 你夫官司强，

Laaul gvaanl mengz nganz lab mbungl bail gaaus,
怕 丈夫 你 银 装 囤箩 去 告状 箩装银去告，

Jiml lab longx bail gaaus.
金 装 篮 去 告状 篮装金去告。

Xibngonz gaaus dangz suc,
十天 告状 到 地主 十天告到地主家，

Basngonz gaaus dangz xianq.
百天 告状 到 县 百天告到县里去。

Gaaus dangz sais fafyianq,
告状 到 官员 法院 状告到县衙，

Dianl dangz Lufbaaujguany.
说 到 陆保官① 告到陆保官。

Hamz xih lufbaaujguany samlqyas,
气 （助） 陆保官 心狠 陆保官心狠，

Axbas saamlbiz sel,
开口 三张 书 开口三诉状，

---

① 陆保官：指法院里姓陆的官员。这里是民歌唱述的需要，不是实指。

Axbas saamlbiz sal.
开口　三张　纸

开口三诉纸。

Biz sel homc xamh homc,
张 书 卧　同　卧

诉状伏同伏，

Biz sel haail xamh haail.
张 书 开　同　开

诉状开同开。

Rauz xih daail dangzndamx nac sais,
咱 （助） 死　无言　面前 官员

官前咱无言，

Ngonzdeel sais aul qyaangx woic hoz,
那天　官员 拿　砍刀　架 脖子

拿刀架脖子上，

Rauz xih eeul lix goz dungzxoh.
咱　就　颈 还 弯　相向

咱以颈相向。

Sais aul qyaangx woic eeul,
官员 拿　砍刀　架 后颈窝

拿刀架颈窝，

Rauz xih reeul dungzxoh.
咱　就　笑　相向

咱就相视一笑。

Mbegt:
女

女：

Bix a,
哥啊

哥啊，

Nuangx duc mizlix gvaanl laez gueh sais laaux,
妹　都 没有 丈夫 哪　做 官员　大

我无官为夫，

Mizlix jaauc laez gueh sais hungl.
没有 丈夫 哪　做　官员　大

无官做丈夫。

Nuangx lengc ndunl xac mengz guehguh,
妹　还　站　等　你　成双

我在等你配成双，

Ndunl xac bix guehguh.
站　等 你　成双

等你配成对。

Laaul mengz bas nauz ndiabt nauz ndiabt,
怕 你 口 说 想 说 想
怕你嘴上说是想，

Laaul mengz bas nauz neh nauz neh.
怕 你 口 说 念 说 想念
怕你嘴上说是念。

Laaul mengz gvas reegtraanz miz liec,
怕 你 过 房角 不 看
怕你走过屋旁不看我，

Gvas reegtsiec miz ail.
过 房角 不 咳
路过房角不吭声。

Bail lumc wenz banzguh,
去 像 人 成家
走路似成双，

Bail lumc bix banzguh.
去 像 哥 成家
走路似成对。

Saail:
男
男：

Nuangx a,
妹啊
妹啊，

Gul xih ndiabt mengz seeuhbux
我 （助） 想 你 犹如
我想你像别人

ndiabt ndanl jobt genzjauc,
想 顶 斗笠 头顶
想戴笠，

Ndiabt mengz seeuhbux ndiabt doix
想 你 犹如 想 碗
我想你像别人

haux jaanghfengz.
饭 手里
想端碗。

Ndiabt mengz seeuhbux ndiabt gec boh
想 你 犹如 想 （助） 爹
我想你犹如

lianz meeh,
和 妈
想爹妈，

Ndiabt gec boh lianz meeh zaiqwaiq.
想 （助）爹 和 妈 在外 想爹妈在外。

Ndiabt gec gvaail buxdoh,
想 （助） 你 一人 心想你一人，

Jaiz gec nuangx buxdoh.
想（助） 妹 一人 心想妹一人。

Goy xih ndiabt mengz genlhaux duc gaz bas,
哥（助） 想 你 吃饭 都 卡 嘴巴 吃饭难咽下，

Genl mas duc gaz hoz.
吃 果子 都 卡 喉咙 吃果卡喉咙。

Gaz gec lac hozsail,
卡（助）下 喉咙 卡在喉咙中，

Ndodt miz bail raaixraaih,
吞 不 去 真的 实在难咽下，

Genl miz ndaix raaixraaih.
吃 不 得 真的 实在难下肚。

Mbegt:
女 女：

Goy a,
哥啊 哥啊，

Gah gul lengc ndiabt mengz seeuhbux ndiabt
只有 我 才 想 你 犹如 想 唯我想你犹如

ndanl jobt genzjauc,
顶 斗笠 头顶 想戴笠，

Ndiabt mengz seeuhbux ndiabt doix
想 你 犹如 想 碗 唯我想你犹如

haux jaanghfengz.
饭 手里 想端碗。

Ndiabt mengz seeuhbux ndiabt gec boh
想 你 犹如 想 （助） 爹　　我想你犹如

lianz meeh,
和 妈　　想爹妈，

Ndiabt gec boh lianz meeh zaiqwaiq,
想 （助） 爹 和 妈 在外　　想爹妈在外，

Ndiabt gvaail nac leeux mingh.
想 你 不如 完 命　　想你如我命。

Ngonznix dogtxel boh yieh gvas xez umx,
今天 想念 爹 也 过 时 抱　　想爹曾经抱，

Dogtxel meeh yieh gvas xez el.
想念 妈 也 过 时 背　　想妈曾经背。

Dogtxel mengz nagtnoih,
想念 你 最多　　想念你最多，

Dogtxel bix nagtnoih.
想念 哥 最多　　想念哥最多。

Bohmeeh jees xih xaaux daail,
爹妈 老 就 兴 死　　爹妈会老去，

Ndaix bix gvaail xamh xeeuh.
得 哥 聪明 共同 一辈子　　得哥共一生。

Gul ndiabt dangz mengz xih bohmeeh
我 想 到 你 （助） 爹妈　　我想你

xais xih xais,
骂 就 骂　　被爹妈骂就骂，

Bohmeeh diz xih diz,
爹妈 打 就 打　　爹妈打就打，

Gul xih mbidt langl xiz deel raangc.
我 就 转 背 由 他 打　　转身由爹打。

Raangc sanc faix deel ragt,
打 根 树 那 断　　打到木棍断，

Deel bail ragt sanc mos.
他 去 砍 根 新　　又去砍一根。

Sanc mos deel rox goz,
根 新 它 会 弯　　新的会打弯，

Saailhoz deel rox ruih.
喉咙 他 会 消气　　爹妈气会消。

Meeh nuangx xais gul xih bail aul ramx,
妈 妹 骂 我 就 去 要 水　　妈骂我挑水，

Deeh nuangx manc xih nuangx rasndanl,
爹 妹 吼（助）妹 洗碗　　爹吼我洗碗，

Jeec hozhamz bohmeeh.
解 气愤 爹妈　　解除爹妈气。

Gul xih bohmeeh xais mizlaaul,
我（助）爹妈 骂 不怕　　爹妈骂不怕，

Daaul dadt riez jiml dings.
刀 剪 耳朵 针 钉　　耳断针来钉。

Gul xih bohmeeh xais mizlaaul,
我（助）爸妈 骂 不怕　　爹妈骂不怕，

Dez roongzgvaaul raaiz ramh.
带 蜘蛛 花斑 遮　　拿蜘蛛来挡。

Bohmeeh ramc dinl fengz,
爹妈 砍 脚 手指　　爹妈砍脚趾，

Gul lumz inl mal mos.
我 忘记 疼痛 来 又　　忘了疼又来。

Bohmeeh ramc jeenl gal,
爹妈 砍 手臂 腿　　爹妈砍断腿，

Mal miz ndaix xih gaanh.
来 不 得（助）无法　　来不得无法。

Saail:
男
男：

Nuangx a,
妹啊
妹啊，

Goy duc guehrih xac gaishaz,
哥 都 种地 等 秧鸡
哥种地等秧鸡，

Gueh naz xiangx mulraaih.
做 田 养 野猪
种田等野猪。

Dogt waais xac neengzsil,
种 棉 等 蚊蝇
种棉等蚊蝇，

Gul laez bas deg il xih naanh,
我（助）嘴 被 议论 就 苦
被人说就苦，

Aul mizndaix xih naanh.
要 不得 得 苦
不得妹就苦。

Ngonznix raanz gul saul faixwees,
今天 家 我 柱 芭芒
哥家芭芒柱，

Raanz gul saul faixngaaih.
家 我 柱 艾草
哥家艾草柱。

Rog mbinl bail yieh beez,
鸟 飞 去 也 摇晃
鸟飞去也塌，

Duezneengz bail yieh doms.
苍蝇 去 也 塌
苍蝇站也跨。

Ngonzndeeul doms jicndanl,
一天 塌 几个
一天塌几座，

Gul miz raanz xih xianh,
我 没 家 就 流浪
无家就流浪，

Raanz miz eeux xih xianh.
家 没 家 就 流浪
哥没家流浪。

Xianh bail dangz reegtros,
流浪 去 到 屋檐边
流浪屋檐边，

Os bail dangz reegtraanz.
出 去 到 房角角 流浪到房角。

Qyus reegtros feax nauz,
在 房边 别人 说 房边别人议，

Genlxauz ramxdal xianh.
吃晚饭 泪水 转 吃饭泪打转。

Genlhaux daamh ramxdal,
吃饭 泡 泪水 吃饭泪泡饭，

Udt roongl mungz gueh mbangs.
卷 叶 野芋头 做 筒 芋叶卷成筒。

Genlhaux daamh ramxdal,
吃饭 泡 泪水 吃饭泪泡饭，

Udt jaanglfengz gueh xoongh.
卷 手心 做 窝 手心卷成窝。

Rauz duc guehrih dungzxamh ndeenl,
咱 都 种地 共同 边 种地同边沟，

Ndeenlndeeul xos legdueh,
一边 种 黄豆 一边种黄豆，

Ndeenlndeeul xos legbyaauz.
一边 种 饭豆 一边种饭豆。

Banzmaz dueh banzhogt goons byaauz,
为何 黄豆 结籽 先 饭豆 为何黄豆先结籽，

Saaul banzraanz goons goy,
友 成家 先 哥 比我先成家，

Mengz banzeeux goons goy.
你 成家 先 哥 你比哥先成家。

Mbegt:
女　　女:

Bix a,
哥啊　　哥啊,

Gul duc nis nis xiez mengz degt saulgaamx,
我 都 小 小 约 你 打 柱头　　从小约你砍柱头①,

Xiez mengz ramc saul xuanh.
约 你 砍 柱 剩余　　约你砍柱头。

Xiez mengz daamh raanz genl,
约 你 接 家 吃　　约你去安家,

Mengz laez bil daaml bil nauz bah,
你 (助) 年 又 年说 稍后　　你年年说稍后,

Bil daaml bil nauz naanz.
年 又 年 说 久　　一年又一年。

Mengz laez xaauxraanz genl goons ruangh,
你 (助) 安家 吃 先 我　　而后先安家,

Ndalraanz laaux goons ruangh.
成家 大 先 我　　比妹先安家。

Mengz xih bas nauz xianh nauz xianh,
你 (助) 口 说 流浪 说 流浪　　嘴上说流浪,

Xianh xih nuangx xianh laail.
流浪 (助) 妹 流浪 多　　我流浪比你多。

Joonc ndaanglgvaail buxdoh,
集中 我自己 一人　　我独自一人,

Joonc ndaangl nuangx buxdoh.
集中 身 妹 一人　　妹独自一人。

Gul xih saamlngonz dangz beangz lac,
我 (助) 三天 到 地方 下　　我三天到下方,

① 砍柱头,指建房,喻指成家立业。

Hacngonz dangz beangz jail.
五天　到　地方　远　　五天到远方。

Gul laez ngaaiz saamh xiangl genl roh,
我（助）早饭　三　节　吃　外面　　节在外面过，

Genl xiangllaaux baaihroh.
吃　春节　外面　　年饭外面吃。

Saail:
男　　男：

Nuangx a,
妹啊　　妹啊，

Ndiabt gec xunz bilgvas,
想　（助）时候　去年　　想起去年时，

Ndiabt gec nyas bildaul.
想　（助）时候　前年　　想起前年时。

Rauz duc genlhaux dungzdos doix,
咱　都　吃饭　打伙　碗　　同吃一碗饭，

Genl oix dungzdos gol.
吃　甘蔗　打伙　棵　　同吃一棵蔗。

Byaaic ronl goz dungzdoih,
走　路　弯　同行　　弯路一同走，

Dungzdoih lumc gvaanlbaz.
同行　像　夫妻　　同行像夫妻。

Banzmaz rauz dungzndil lengc byah,
为何　咱　相好　才　分离　　为何要分离，

Aul dungz ndaix lengc byah.
要　一起　得　才　分离　　为何今分离。

Mbegt: 女	女:
Bix a, 哥啊	哥啊,
Nuangx duc neh dangz mengz xih haux xos 妹 都 想 到 你 就 饭 放	妹想你想得
bas lumz ndodt, 嘴里 忘记 吞	饭在嘴里忘记吞,
Haux xos linx lumz genl. 饭 放 舌头 忘记 吃	饭在嘴里忘记吃。
Dianl dangz mengz lengc xinh, 说 到 你 才 醒	说到你才醒,
Dianl dangz goysaaml feax lengc xinh. 说 到 三哥 别人 才 醒	说到哥才醒。
Saail: 男	男:
Nuangx a, 妹啊	妹啊,
Mengz gah ruangh buxhas beangz lac, 你 自己 想念 汉族 地方 下	你想远方人,
Mengz gah ruangh buxyaaux beangz genz. 你 自己 想念 苗族 地方 上	你想有钱人。
Mengz gah neh gec raanz banzgenl ndeas nyangh, 你 自己 想 (助) 家 成吃 (助) 妹	你想有吃那一家,
Neh gec ndanl banzdanc ndeas nyangh. 想 (助) 个 成穿 (助) 妹	想有穿那一家。
Rauz xih qyus jieznix dungz daans, 咱 (助) 在 这里 一起 打算	咱在此相商,

Nangh jieznix dungz dianl.
坐 这里 一起 诉说 坐在此相诉。

Nauz xonz weanl ndeas nyangh,
说 句 歌 （助） 妹 唱唱歌而已，

Dianl xonz xuex ndeas nyangh.
说 句 摆白（助） 妹 说说话而已。

Mbegt:
女 女：

Bix a,
哥啊 哥啊，

Dangslaez bas daaml bas nauz gul ruangh bux
怎么 口 又 口 说 我 想念 个 你为何说我

genz deel qvax?
上 那 傻 想别人？

Dangslaez nauz nuangx ruangh bux lac deel laail.
怎么 说 妹 想念 个 下 那 我 为何说妹想别人。

Gul duc ruangh mengz banz lumc gol faixrimz
我 都 想 你 成 像 棵 铁义槁 我想你如同溪边

baangxwic ruangh rah,
溪边 愁 根 树愁根，

Ramx jas rah deel deeuz.
水 冲 根 它 走 水把根冲走。

Nuangx ndaanglndeeul miz neh,
妹 单身 不 想 妹单身不想，

Ndaanglndeeul nuangx miz neh.
单身 妹 不 想 单身妹不想。

Nuangx miz ruangh bidt ruangh gais,
妹 不 想 鸭 想 鸡 妹不想鸡鸭，

Nuangx miz ruangh mul ruangh mal.
妹 不 想 猪 想 狗 妹不想猪狗。

Dianl dangz raz lengc ruangh,
说 到 你 才 想 说到你才想，

Dianl dangz bix lengc ruangh.
说 到 哥 才 想 说到哥才想。

Saail:
男 男：

Nuangx a,
妹啊 妹啊，

Mengz mbaanl mengz duc lix bux dis,
你 糟糕 你 都 有 人 替 你愁有人替，

Mengz his mengz duc Lix bux baangl.
你 愁 你 都 有 人 帮 你愁有人帮。

Lix gec gvaanl gungyzuof mengz bangh,
有（助）丈夫 工作 你 帮 你有丈夫帮，

Gvaanl jizndaix mengz bangh.
丈夫 值得 你 帮 你有丈夫助。

Mengz laez xaadt xah xaadt daaus deeuz,
你（助）搓 绳 搓 次 条 你搓绳搓一条，

Nauz xonzndeeul goons goy,
说 一句 先 哥 说话在哥前，

Reeul xonz ndux goons goy.
笑 句 第一 先 哥 谈笑在哥先。

Gah gul lengc gah qyus gah ruanghuangx,
只有 我 才 自己 在 自己 忧愁 唯我独自忧，

Gah qyus gah ruanghual.
自己 在 自己 忧愁 只有我才愁。

Ruangh sez gval gveeuc doongh,
忧愁 似 瓜 缠 柱子 愁似瓜缠柱，

Legfeax roongh lumc dois dangllongz,
别人 亮 像 对 灯笼 别人亮如灯，

Legfeax roongh lumc menz dangl jiangs.
别人 亮 像 芯 灯 玻璃 别人明如镜。

Legfeax liec lumc yiangh xaauxeeuz,
别人 看 像 样子 安家 看似已安家，

Legfeax liec lumc yiangh xaauxraanz.
别人 看 像 样子 安家 看似已立业。

Mbaanl xih rauz buxdoh,
糟糕 是 咱 一人 可怜我一人，

Mbaanl xih bix buxdoh.
糟糕 是 哥 一人 可怜哥一人，

Mbegt:
女 女：

Bix a,
哥啊 哥啊，

Nuangx xih ruangh mengz lumc faix
妹 （助）想念 你 像 树 我想你如同山崖

byaaildaadt ruangh xaz,
山崖 愁 丛 树想林，

Ruangh mengz lumc naz byaailgvaauc ruangh ramx.
想念 你 像 田 山顶 想 水 如山顶田想水。

Faix byaaildaadt ruangh xaz duc lix bux ramc,
树 山崖 愁 丛 都 有 人 砍 山崖树有人砍，

Naz byaailgvaauc ruangh ramx duc lix bux bah.
田 山顶 想 水 都 有 人 挖 山顶田有人挖。

Gul xih ruangh gec mengz buxndeeul la goy,
我（助）想念（助）你 一人 （助）哥 只想你一人，

Ruangh gec ndaangl duez bix la goy.
想念 （助） 身子 个 哥（助） 哥 只想哥一人。

Rauz xih ruangh gaauhlaec lengc ndaix
咱（助）想念 多少 才 得 咱们想念多久

dungz bungz?
一起 诉说 才相见？

Ruangh gaauhlaez lengc ndaix dungz aul?
想念 多少 才 得 一起 要 想念多久才相逢？

Laaul mengz xidt gul bail lumc qyuangx,
怕 你 丢 我 去 像 礁石 怕你弃我如弃石，

Laaul mengz beangc gul bail lumc rinl.
怕 你 掀开 我 去 像 石头 怕你丢我如丢石。

Qyuangx jahdah duc lix ramx dez,
礁石 河滩 都 有 水 撑 礁石河滩有水撑，

Gul xih lamx jaanghxul cefheny,
我（助）倒 街上 册亨 我倒在街中无人扶，

Goongl jaangh mbaanx cefheny.
倒 中间 寨子 册亨 倒在寨中无人助。

Saail:
男 男：

Nuangx a,
妹啊 妹啊，

Duc mengz duc daamh duc,
赌 你 赌 又 赌 赌你啊赌你，

Duc mengz dax daamh dax.
赌 你 赌 又 赌 赌你啊赌你。

Goy duc xeecndaix raabt rinlraix gvas dah,
哥 都 舍得 挑 石碴 过 河
哥舍得挑碴石过河，

Raabt rinlbanz gvas nyiel.
挑 磨石 过 江
舍得挑磨石过江。

Goy duc wanz aul gvaail mizduanh,
哥 都 想方设法 要 你 一定
一定要娶你，

Wanz aul nuangx mizduanh.
想方设法 要 妹 一定
一定要娶妹。

Gul duc neh haz aul mengz bail banzeeux,
我 都 想 将 要 你 去 安家
想与你成家，

Neh haz aul mengz bail guehraanz.
想 将 要 你 去 安家
想与你立业。

Mal rauz bail beangz genz dogt ndaaix,
让 咱 去 地方 上 种 麻
上方去种麻，

Bail beangz lac dogt waais.
去 地方 下 种 棉
下方去种棉。

Waais banz byiadt lengc mal,
棉 成 摘 才 来
棉成摘才回，

Naz banz rib lengc daaus.
田 成 收 才 回
稻成收才回。

Basdul gul yieh rungs,
门口 我 也 空闲
哥家门前无人走，

Basdaangs bix yieh feaz,
走廊 哥 也 空闲
哥家走廊无人过，

Mal xezlaez duc ngaaih.
来 哪里 都 方便
何时来都行。

Mbegt:
女　　　　女：

Goy a,
哥啊　　　　哥啊，

Duc mengz xeecndaix daaml xeecndaix,
赌　你　舍得　又　舍得　　　　赌你舍得又舍得，

Duc mengz xeecndaix bail gvas haaic,
赌　你　舍得　去　过　海　　　　赌你舍得去过海，

Duc mengz xeecndaix waaic gvas xaaih.
赌　你　舍得　淌　过　海洋　　　　赌你舍得淌过洋。

Duc mengz xeecndaix dab rinl raaih riangz gu,
赌　你　舍得　砌　石　爬　跟　我　　　　舍得砌石跟我走，

Ngonzdeel gul lengc nauz mengz neh.
那天　我　才　说　你　想　　　　那时我才说你想。

Duc mengz xeecndaix mbedt roongljoic gueh hoh,
赌　你　舍得　摘　芭蕉叶　做　筒　　　　赌你舍得摘芭蕉叶做筒，

Duc mengz xeecndaix mdedt roongl mungz
赌　你　舍得　摘　叶　野芋头　　　　赌你舍得

gueh mbangs.
做　筒　　　　摘芋头叶做筒。

Duc mengz xeecndaix gec bux sis xiuh miz aul,
赌　你　舍得　那　个　四　方　不　要　　　　舍得弃贤妻不娶，

Mal aul yux wenz xianh.
来　要　友　人　流浪　　　　来娶我这流浪人。

Saail:
男　　　　男：

Nuangx a,
妹啊　　　　妹啊，

Duc mengz xeecndaix daaml xeecndaix,
赌 你 舍得 又 舍得 赌你舍得又舍得，

Duc mengz xeecndaix jees jeebtngvax genzraanz,
赌 你 舍得 数 瓦片 房顶 舍得数清房上瓦，

Jees hauxsaanl diec eeux,
数 大米 底 粮仓 数清仓中米，

Jees ndaauhndis genzmbenl.
数 星星 天上 数清天上星。

Duc mengz xeecndaix jees benl max dangzduez,
赌 你 舍得 数 毛 马 整头 赌你数清马鬃毛，

Jees benl yuangz dangz baangh.
数 毛 羊 整 帮 数清群羊毛。

Duc mengz xeecndaix jees haux mas ndael rail,
赌 你 舍得 数 米 浸泡 里 甑子 赌你数清甑中米，

Baizdeel gul lengc nauz mengz neh.
那时 我 才 说 你 想 那时我才说你想。

Duc mengz xeecndaix daaml xeecndaix,
赌 你 舍得 又 舍得 赌你舍得又舍得，

Duc mengz xeecndaix dab rinl raaih gvas nyiel.
赌 你 舍得 砌 石 爬 过 江 舍得砌石头过江。

Duc mengz xeecndaix bail xunzbeangz riangz goy,
赌 你 舍得 去 流浪 跟 哥 舍得跟哥去流浪，

Duc mengz xeecndaix bail xunzmbaanx riangz goy.
赌 你 舍得 去 流寨 跟 哥 舍得跟哥去游寨。

Degtgongl lix goy daangc,
射箭 有 哥 挡 箭来有哥拦，

Degt qyaangx lix goy dungl,
砍 大刀 有 哥 遮挡 大刀有哥挡。

Haec mengz bail gueh yiangh,
给 你 去 做 样子 让你只管走，

Haec mengz byaaic gueh yiangh.
给 你 走 做 样子　　　　让你只管行。

Mbegt:
女　　　　女：

Goy a,
哥啊　　　　哥啊，

Duc mengz xeecndaix daaml xeecndaix,
赌 你 舍得 又 舍得　　　　赌你舍得又舍得，

Xeecndaix aul mul haaul gac lac daangs,
舍得 要 猪 白 杀 下 阳台　　　　舍得阳台杀白猪，

Mul ndaangs gac lac xaanz.
猪 花斑 杀 下 晒坝　　　　晒坝杀花猪。

Nuangx duc neh jaiz bians banz mbael
妹 都 想 想 变 成 张　　　　妹都想把

roonglrugt[1] sues aail,
冰片 包 甜酒　　　　冰片包甜酒，

Neh jaiz bians banz mbael roonglfaaiz sues haux.
想 想 变 成 张 楠竹叶 包 饭　　　　想变竹叶包午饭。

Neh jaiz bians banz baex meeh rauz,
想 想 变 成 媳 妈 咱　　　　变成妈儿媳，

Neh jaiz saec dinl fengz meeh goy,
想 想 伺候 脚 手 妈 哥　　　　伺候咱爹妈，

Saec xaz ramx meeh goy.
伺候 茶 水 妈 哥　　　　端茶给爹妈。

Goy a,
哥啊　　　　哥啊，

① roonglrugt，一种植物，在望谟县布依语中指的是发酵甜酒时用来包糯米的叶子，在这里喻指冰片叶。

Meeh nuangx duc jangl bidt genl ramx diec saangs,
妈 妹 都 关 鸭 吃 水 底 缸　我妈关鸭吃缸底水，

Jangl haans genl ramx diec beeuz,
关 鹅 吃 水 底 瓢　关鹅吃瓢底水。

Jangl gueh leeuz raanz goy,
关 做 婶 家 哥　留做哥家婶[①]，

Jangl gueh baex raanz goy.
关 做 媳 家 哥　留当哥家媳。

Saail:
男　男：

Nuangx a,
妹啊　妹啊，

Duc mengz xeec banz saml,
只要 你 舍得 成 心　只要你有心，

Xeec banz saml guanc lings,
舍得 成 心 尽管 斜　有心你就跟，

Xeec banz mingh guanc riangz.
舍得 成 命 尽管 跟　有心你就来。

Duc mengz xeecndaix bail gueh bac gueh
赌 你 舍得 去 做 伯妈 做　赌你舍得

leeuz raanz goy,
婶婶 家 哥　来做哥家婶，

Bail gueh baex raanz goy.
去 做 媳 家 哥　去做哥家媳。

Ndiabt xib mbaanl guc mbaanl,
想 十 愁 九 愁　十个愁来九个愁，

① 哥家婶，指以小辈的身份称呼，婶，即婶娘。

Mbengl miz dangz gec baanz byagt doh.
愁 不 到 那 盘 菜 单独 没有那盘菜就愁。

Mbaanx xib wenz guc wenz,
寨 十 人 九 人 寨有十人九人,

Miz jiz mengz buxdoh.
不 及 你 一人 不如你一人。

Raanz goy dazidt his gec bux logtjac,
家 哥 第一 愁 那 个 扯秧 哥家缺少扯秧人,

Dazngih his gec bux aul leeul.
第二 愁 那 个 要 柴 哥家缺少扛柴妹。

Is goy ndaix gec nuangx gueh ndeeul,
如果哥 得 那 妹 做 一 若与妹成家,

Xeeuhwenz gul seeuc naanh,
一辈子 我 少 苦 这辈我少苦,

Xeeuhwenz bix seeuc naanh.
一辈子 哥 少 苦 这辈哥少累。

Eeux bix xac mengz saanl,
家 哥 等 你 编 哥媳等你当,

Raanz goy xac mengz xaaux.
家 哥 等 你 造 哥家等妹来。

Bidtgais xac mengz geal,
鸡鸭 等 你 喂 鸡鸭等你喂,

Mul yuangz xac mengz raih.
猪 羊 等 你 打理 猪羊等你喂。

Ndaix mengz raih lengc lumc,
得 你 打理 才 像 你打理才行,

Ndaix mengz raih lengc banz.
得 你 打理 才 成 你收拾才好。

Aul gec mengz saec meeh,
要 那 你 伺候 妈 让你伺候妈,

Aul gec nuangx saec meeh.
要 那 妹 伺候 妈 让你伺候娘。

Mbegt:
女 女:

Goy a,
哥啊 哥啊,

Duc mengz xeecndaix daaml xeecndaix,
赌 你 舍得 又 舍得 赌你舍得又舍得,

Duc mengz xeecndaix dab dinl lail haec xuaanh,
赌 你 舍得 砌 脚 梯子 给 多余 舍得把梯子砌宽,

Duc mengz xeecndaix dab dinl daangs haec ndil.
赌 你 舍得 砌 脚 走廊 给 好 舍得把梯子砌好。

Bil langl gul haz raaih,
年 后 我 要 爬 明年我要走,

Bil langl nuangx haz raaih.
年 后 妹 要 爬 明年妹要走。

Gul haz raaih bail ndael,
我 要 爬 去 里面 我要走进屋,

Dagt xaz sael haec meeh,
舀 茶 干净 给 妈 敬清茶给妈,

Aul xaz xamx haec meeh.
要 茶 凉 给 妈 递凉茶给娘。

Ngonzdeel nuangx xih fengzsoix gaml doix xaz,
那天 妹 (助) 左手 拿 碗 茶 左手端茶碗,

Fengzgvaz qyaux meeh runs.
右手 扶 妈 起 右手把妈扶。

Qyaux meeh runs genl omx,
扶 妈 起 吃 粥 扶妈来吃粥,

Qyol mah runs genl xaz. 扶 妈 起 吃 茶		扶妈来喝茶。
Ninz laail jaucdezdeah, 睡 多 头晕		睡多头会晕，
Jaucdezdeah dalraaiz. 头晕 眼花		头晕眼又花。
Waaiz bail baaiz miz xinh, 牛 去 祭 不 醒		杀牛祭不醒，
Mul yuangz gac miz xinh. 猪 羊 杀 不 醒		猪羊祭不醒。

Saail: 男		男：
Nuangx a, 妹啊		妹啊，
Xinlraaix miz xinlraaix? 真的 不 真的		是真还是假？
Xinl xih saamhxib gul yuans xac. 是 就 三十 我 愿意 等		是真三十年我愿等。
Hacbix bix yuans aul, 五十 哥 愿意 要		五十年哥愿娶，
Xeenz nagtmbaul duc ruh. 钱 轻重 都 赎		多少哥都赎。
Ruh lumcbux ruh damz, 赎 好像 赎 水塘		好比赎水塘，
Ruh lumcbux ruh naz. 赎 好像 赎 田		好比赎良田。
Rauz aul baz seac meeh, 咱 要 妻子 伺候 妈妈		娶妻伺候妈，

Rauz aul baex saec meeh.
咱 要 媳妇 伺候 妈妈 娶媳伺候娘。

Meeh gul ndiabt guehhoongl yieh naais,
妈妈 我 想 做活 也 累 妈种地也累,

Ndiabt gueh waais yieh eanl.
想 种 棉 也 累 妈种棉无心。

Dianl aul mengz dis meeh,
说 要 你 替 妈 让你来替妈,

Dianl aul nuangx dis mah.
说 要 妹 替 妈 让妹来替妈。

Duc mengz xeecndaix ramx raanz goy soisnac,
赌 你 舍得 水 家 哥 洗脸 赌你舍得用哥家水洗脸,

Xeecndaix ramx raanz yoy soisdinl.
舍得 水 家 哥 洗脚 舍得用哥家水洗脚。

Lix deengl wenz raanz gul,
生 是 人 家 我 生是我家人,

Daail deengl faangz raanz goy.
死 是 鬼 家 哥 死是哥家鬼。

Mbegt:
女 女:

Goy a,
哥啊 哥啊,

Laaul mengz bas nauz aul nauz aul,
怕 你 嘴 说 要 说 要 怕你只是嘴上说,

Laaul mengz yueh bidt dogt nazaans,
怕 你 骗 鸭 落 烂田 怕你骗鸭落烂田,

Yueh haans dogt naz bongz.
骗 鹅 落 田 泥 哄鹅去泥田。

Yueh gul rongz bianghdongh,
骗 我 下 坝子　　哄我下坝子，

Yueh gul byaaic bianghdongh.
骗 我 走 坝子　　哄我走坝子。

Is mengz xinl dazraaix,
如果 你 是 真的　　如果是真心，

Saamlxib bil nuangx yuans xac,
三十 岁 妹 愿 等　　三十年妹愿等，

Hacxib bil nuangx yuans bail.
五十 岁 妹 愿 去　　五十年妹愿嫁。

Laaul mengz miz banz saml aul ruangh,
怕 你 不 成 心 要 我　　怕你无心娶，

Laaul mengz miz banz daamc aul ruangh.
怕 你 不 成 胆 要 妹　　怕你无意要。

Duc mengz xeecndaix daaml xeecndaix,
赌 你 舍得 又 舍得　　赌你舍得又舍得，

Duc mengz xeecndaix aul.
赌 你 舍得 要　　赌你舍得娶。

Jeebt diangz gaauh jeebt ngvax,
片 糖 像 片 瓦　　糖片如瓦片，

Wac diangz gaauh wac dos.
板 糖 像 板 蜂蛹　　糖块如蜂板。

Dez mal gos dinl lail,
带 来 砌 脚 梯子　　带来砌成梯，

Rauz xih bail guehguh,
咱 （助） 去 成家　　咱就成双走，

Rauz xih byaaic guehguh.
咋 （助） 走 成家　　咱就成双去。

Reenhnis rauz duc jibt rinlrees baangx damz,
小时候 咱 都 捡 沙子 傍 水塘　　少时同捡塘边沙，

Jibt rinlramz baangxdah.
捡 河石 河边

同捡河边石。

Ngonznix mengz laadgvas leeux bail,
今天 你 一晃而过 完 去

如今擦肩过,

Laaul mengz lumz gaangc xoh.
怕 你 忘记 说话 向

怕是忘了与妹言。

Saail:
男

男:

Nuangx a,
妹啊

妹啊,

Isnauz rauz ndaix rauz,
如果 咱 得 咱

若能在一起,

Isnauz rauz ndaix rauz.
如果 咱 得 咱

若能同路行。

Saamhxib bil goy duc xac,
三十 岁 哥 都 等

三十年哥也等,

Hacxib bil goy duc aul,
五十 岁 哥 都 要

五十年哥也娶。

Nagt mbaul bix duc ruh.
重 轻 哥 都 赎

多少哥都出,

Meeh gul os xibhac,
妈 我 出 十五

我妈出十五,

Meehbac os xibsaaml,
伯母 出 十三

伯母出十三。

Ndaanglgaus lix xibngih,
自己 有 十二

自己有十二,

Suans banz sisxib manz.
算 成 四十 块

算成四十块。

Wanz aul saaul mizduanh,
想方设法要女友一定　　一定要娶你，

Wanz aul nuangx mizduanh.
想方设法　妹　一定　　一定要娶妹。

Ngonzdeel xeenz diec siangl yieh ruih,
那天　钱　底　箱子　也　解　　箱底钱也取，

Xeenz diec gvih yieh haail.
钱　底　柜　也　开　　柜底钱也拿。

Wanz aul gvaail xamh xeeuh,
想设方法要你　同　一辈子　　一定要娶你，

Wanz aul nuangx xamh xeeuh.
想方设法要妹　同　一辈子　　一定要娶妹。

Jeebt nganz gaauh jeebt ngvax,
片　银　如　片　瓦　　片银大如瓦，

Nac nganz gaauh nac dangs,
块　银　如　块　凳　　银块如板凳。

Dez bail gos dinl lail.
带　去　砌　脚　梯子　　带去砌成梯，

Jaiz aul mengz mizduanh,
想　要　你　一定　　与你共一生，

Jaiz aul nuangx mizduanh.
想　要　妹　一定　　与你共一世。

Mbegt:
女　　女：

Goy a,
哥啊　　哥啊，

Mengz duc bas nauz aul nauz aul,
你　都　嘴　说　要　说　要　　你说你要娶，

Nganz diec xaul miz riuh,
银 底 兜 不 解 舍不得兜里银，

Nganz diec gvih miz haail.
银 底 柜 不 开 舍不得柜里金。

Ngeaz saaul daail raanz meeh,
巴不得 女友 死 家 妈 让我在后家老，

Ngeaz saaul lamx raanz meeh.
巴不得 女友 倒 家 妈 让我在后家亡。

Mengz xih bas nauz aul nauz aul,
你 （助）嘴 说 要 说 要 你说你要娶，

Laaul gec boh lianz meeh mengz jigt
怕 那 爹 和 妈 你 懒 怕你爹和妈

gueh lauc aail xaz.
做 酒 甜酒 酒酿子 不酿酒。

Miz haec rauz xamh xeeuh,
不 给 咱 同 一辈子 不让咱相伴，

Jigt gueh lauc aail seeul,
懒 做 酒 甜酒 拷 不酿酒烤酒，

Miz haec rauz xamh xeeuh.
不 给 咱 同 一辈子 不让咱相依。

Laaul meeh mengz jigt aul baex roonghndianl,
怕 妈 你 懒 要 媳 月亮 不让妹做媳，

Jigt aul baex roonghndaaul.
懒 要 媳 月亮 不要我做媳。

Nauz dangz saaul xih nyaus,
说 到 女友 就 发牢骚 说到妹不喜，

Dianl dangz nuangx xih nyah.
说 到 妹 就 发牢骚 说到妹不悦。

Saail:
男　　　男：

Nuangx a,
妹啊　　　妹啊，

Goy duc nauz haz aul xih aul,
哥 都 说 将 要 就 要　　　哥说娶就娶，

Gaail meeh waaiz lac gongh.
卖 母 水牛 下 圈　　　卖圈里水牛。

Ndaix sis hac xaangz nganz,
得 四 五 两 银　　　得四五两银，

Miz banz maz ndeeulrauh.
不 成 什么 怎么样　　　卖了不后悔。

Gaail meeh xiez gogt raanz,
卖 母 黄牛 脚 家　　　卖屋边黄牛，

Ndaix banz hac xaangz jiml,
得 成 五 两 金　　　得了五两金，

Miz gocsiz ndeeulrauh.
不 可惜 怎么样　　　卖了不可惜。

Hanz aul jobt maic ndaix jobt xamh saail,
争取 要 草帽 希望 得 草帽 同 索　　　望得同帽戴，

Hanz aul haaiz maic ndaix haaiz xamh guh.
争取 要 鞋 希望 得 鞋 同 双　　　望得同鞋穿。

Hanz aul nuangx maic ndaix nuangx xamh raanz,
争取 要 妹 希望 得 妹 同 家　　　望得同家坐，

Daail banz faangz xamh moh.
死 成 鬼 同 坟　　　死也共座坟。

Mbegt:
女　　　女：

Goy a,
哥啊　　　哥啊，

Mengz duc mingh ndil sez mingh ndil,
你 都 命运 好 （助） 命运 好　　　哥命好又好，

Ndaix mailsil gueh xah mbux.
得 丝线 做 索 葫芦　　　丝线当葫绳。

Bail goons lengc xux langl,
去 先 才 接 后　　　先去再完婚，

Mengz xelxaml dangzxeeuh,
你 心安 一辈子　　　你安心一辈子，

Saml mengz leeux dangzxeeuh.
心 你 完 一辈子　　　你一辈子心安。

Mengz duc bas nauz aul nauz aul,
你 都 嘴 说 要 说 要　　　你嘴说要娶，

Laaul mengz haec gul dogtxel sez dogtxel.
怕 你 给 我 思念 又 思念　　　让我思且念。

Dogtxel sez byal bis,
思念 如 鱼 逃脱　　　思念让鱼逃，

Byal bis bail hongz duc lix ranl jadt.
鱼 逃脱 去 水塘 都 有 见 鱼鳞　　　鱼逃还见鳞。

Rog bis bail ndongl duc lix ranl benl,
鸟 逃脱 去 树木 都 有 见 毛　　　鸟逃只见毛。

Gul dogtxel mengz bius xingh,
我 思念 你 没有 全　　　想你不见影，

Dogtxel bix bius xingh.
思念 哥 没有 全　　　念你不见人。

Laaul mengz yueh nuangx dadt gaulqyax lac xaanz,
怕 你 骗 妹 剪 三叶茎 下 晒坝　　　怕你哄妹剪三叶，

Yueh nuangx dadt gauldaanl lac daangs.
骗 妹 剪 何首乌 下 阳台
哄妹剪首乌。

Yueh nuangx aangsxual,
骗 妹 心神不定
让妹心不定，

Mengz laez ndal raanz manh,
你 却 安 家 稳
你却安家稳，

Gvaail laez xaaux raanz manh.
你 却 造 家 稳
你却建家稳。

Saail:
男
男：

Nuangx a,
妹啊
妹啊，

Goy xih xac gec mengz ndee a.
哥 （助） 等 那 你 （助）啊
我是等你啊，

Gul duc miz yueh mengz gac bibt,
我 都 不 骗 你 杀 鸭
不骗你杀鸭，

Gul duc miz yueh mengz gac gais.
我 都 不 骗 你 杀 鸡
不骗你杀鸡。

Mizhaec nuangx bail daic lac lail,
不给 妹 去 哭 下 梯子
不让梯边泣，

Jaiz haec nuangx bail gusleangh,
想 给 妹 去 片刻
想让你约片刻，

Jaiz haec nuangx gaangc gusleangh.
想 给 妹 说 片刻
想让你话片刻。

Xaaml nuangx dungzxamh gaangc,
请求 你 一起 说话
求你和我说，

Xaaml nuangx dungzxamh reeul.
请求 妹 一起 笑
求你和我笑。

Ndoobt gec mengz basgvaail,
遇到 那 你 巧嘴 遇到聪明你，

Haail banz idt banz ngih.
开 成 一 成 二 就成二连三。

Mengz maz nauz banz saml haec goy,
你 （助）说 成 心 给 哥 有心说给哥，

Nauz saml inl haec goy.
说 心 痛 给 哥 说给哥心痛。

Mbegt:
女 女：

Goy a,
哥啊 哥啊，

Xinl raaix miz xinl raaix mo goy?
是 真的 不 是 真的（助） 哥 是真还是假？

Isnauz xinl dazraaix.
如果 是 真的 如果是真心。

Boh gul miz ses aul lauc,
爹 我 不 要 问 酒 我爹不问酒，

Meeh gul miz ses aul xeenz.
妈 我 不 问 要 钱 我妈不要钱。

Duc rauz ndaix xamh eeux,
只要 咱 得 一起 家 只要咱一心，

Duc rauz ndaix xamh raanz.
只要 咱 得 一起 家 只要咱一意。

Ngonzdeel miz banzgenl xih mingh,
那天 不 成吃 （助） 命运 无食命中定，

Miz banz danc xih mingh.
不 成 穿（助） 命 没穿命中定。

Boh gul eebt aul fenz gul yieh ndamx,
爹 我 喊 要 柴 我 也 不吭声　　　爹喊扛柴我不允，

Neeh gul eebt aul ramx nuangx miz haanl.
妈 我 喊 要 水 妹 不 应　　　妈喊挑水我不应。

Eebt haec bail ndix goy gueh raanz,
喊 给 去 跟 哥 做 家　　　喊去与哥成一家，

Gul laez haanl xib xonz bas xonz dungzdoih.
我（助）应 十 句 百 句 一起　　　十句百句一起应。

Laaul mengz loongh gaisgail lac xaz,
怕 你 骗 野鸡 下 丛　　　怕你骗丛下野鸡，

Loongh gaishaz lacwaangh.
骗 秧鸡 下 网　　　骗网下秧鸡。

Loongh duezmbaangs duezmbax os goonl,
骗 飞狐[①] 蝴蝶 出 巢　　　骗飞狐蝴蝶出巢，

Laaul mengz loongh gul daail raanz meeh,
怕 你 骗 我 死 家 妈　　　骗我在妈家老去，

Loongh gul lamx raanz meeh.
骗 我 倒 家 妈　　　骗我在后家死去。

Saail:
男　　　男：

Nuangx a,
妹啊　　　妹啊，

Gul miz loongh gaisgail lac xaz,
我 不 骗 野鸡 下 丛　　　我不骗丛下野鸡，

Gul miz loongh gaishaz lac waangh.
我 不 骗 秧鸡 下 网　　　我不骗网下秧鸡。

---

① 飞狐，学名红白鼯鼠，国家二级保护动物，为脊椎动物，哺乳纲，翼租，大蝙蝠亚目。

Gul miz loongh duezmbaangs duezmbax os goonl,
我 不 骗 飞狐 蝴蝶 出 巢 不骗飞狐蝴蝶出巢，

Gul miz loongh mengz daail raanz meeh.
我 不 骗 你 死 家 妈 不骗你在后家死去。

Isnauz ndaix dueznuangx xamh eeux,
如果 得 妹 一起 家 若与你成家，

Isnauz ndaix dueznuangx xamh raanz.
如果 得 妹 一起 家 若与妹成家。

Guehrih dungzxamh bail,
种地 一起 去 种地一起去，

Bail naz dungzxamh daaus.
去 田 一起 回 种田一起回。

Bail rih lix mengz logt golhaz,
去 地 有 你 拔 茅草 地头你拔草，

Bail naz lix mengz daz goljac.
去 田 有 你 扯 秧苗 田里你扯秧。

Nuangx logt jac bix ndaml,
妹 扯 秧 哥 栽 妹扯哥来栽，

Mizhaec mengz banz naanh.
不让 妹 成 苦 不让妹辛苦。

Mbegt:
女 女：

Bix a,
哥啊 哥啊，

Mengz duc bas nauz aul nauz aul,
你 都 口 说 要 说 要 你嘴上说要娶，

Beazbeaz haec gul neh dangz mengz xih doix
白白地　给　我　想　到　你　就　碗　　让我想你

haux saamldaaus dagt.
饭　三次　舀　　饭分三次舀。

Doix haux xadtdaaus dies,
碗　饭　七次　放　　饭碗七次搁，

Doix haux dies jaangh fengz.
碗　饭　放　里　手　　饭碗搁手里。

Dianl dangz mengz xih ruangh,
说　到　你　就　忧愁　　说到你就忧，

Dianl dangz bix xih ruangh.
说　到　哥　就　忧愁　　说到哥就愁。

Beazbeaz haec gul ndiabt mengz bail rih lunz
白白地　给　我　想　你　去　地　忘记　　让我想你

dez qyas,
带　锄头　　种地忘带锄，

Bail naz lumz dez raaus,
去　田　忘记　带　耙　　打田忘带耙，

Baildaaus lumz dez xail.
来回　忘记　带　犁　　回家忘带犁。

Beazbeaz haec yuxdalmail ruangh goy,
白白地　给　我　想　哥　　让我白想你，

Gul buxuangx ruangh goy.
我　忧愁　想　哥　　让我白白地想哥。

Saail:
男　　男：

Nuangx a,
妹啊　　妹啊，

Gal dah xibngih sos,
条 河 十二 支　　　　河有十二条，

Sos laez sos byal songz?
支 哪 支 鱼 停歇　　　　哪条鱼停歇？

Gal dal xibngih hongz,
条 河 十二 水塘　　　　河有十二塘，

Hongz laez hongz byal roongs?
水塘 哪 水塘 鱼 聚集　　　　哪塘鱼来聚？

Ndanlngonz xibngih gus,
一天 十二 时　　　　一天十二时，

Gus laez gus mengz dianl?
时 哪 时 你 说　　　　哪时你才说？

Ndanlbil xibngih ndianl,
一年 十二 月　　　　一年十二月，

Ndianl laez ndianl mengz neh.
月 哪 月 你 想　　　　哪月妹才想。

Neh xih aul ramx mal goy ximz,
想 就 要 水 来 哥 尝　　　　想就舀水送哥尝，

Neh xih aul rumz mal goy ngeeus.
想 就 要 风 来 哥 看　　　　想就拿风给哥看。

Laaul mengz neh bux genz deel qvax,
怕 你 想 个 上 他 傻　　　　怕你想别人傻，

Neh bux lac deel laail.
想 个 下 他 多　　　　怕你想别人多。

Neh dangz gvaail laez bius,
想 到 我 （助）没有　　　　没有想到我，

Neh dangz bix laez bius.
想 到 哥（助）没有　　　　没有想到哥。

Mbegt:
女 | 女:

Goy a,
哥啊 | 哥啊,

Gal dah xibngih sos,
条 河 十二 支 | 河有十二条,

Sos sos byal duc songz.
支 支 鱼 都 停歇 | 条条鱼停歇。

Gal dah xibngih hongz,
条 河 十二 水塘 | 河有十二塘,

Hongz hongz byal duc roongs.
水塘 水塘 鱼 都 聚集 | 塘塘鱼来聚。

Ngonzndeeul xibngih gus,
一天 十二 时 | 一天十二时,

Gus gus nuangx duc dianl.
时 时 妹 都 说 | 时时妹都说。

Bilndeeul xibngih ndianl,
一年 十二 月 | 一年十二月,

Ndianl ndianl nuangx duc neh.
月 月 妹 都 想 | 月月妹都想。

Nuangx xih ndiabt mengz ramxdal dogt lumc lauc,
妹 (助) 想 你 眼泪 掉 像 酒 | 想你泪如酒,

Ramxdal dauc lumc yuz.
眼泪 流 像 油 | 想你泪如油。

Fuz banz sail naz mah,
浮 成 田螺 田 耙 | 浮如田中螺,

Sail naz mah duc fuz sagtgus,
田螺 田 耙 都 浮 一会儿 | 田螺浮一会,

Sail naz mah duc qyus sagtxez.
田螺田 耙 都 在 一时 | 田螺浮一时。

Gah gul fuz laailnoih,
只有 我 想 最多 唯我想最多，

Gul fuz bix laailnoih.
我 想 哥 最多 我想哥最多。

Saail:
男 男：

Nuangx a,
妹啊 妹啊，

Gol faix xibngih ngaz,
棵 树 十二 杈 树有十二支，

Golgaangz xibngih ndos.
义槁 十二 朵 花开十二朵。

Ndos ndeeul dogt baangx mbos yieh aangl,
朵 一 落 傍 井 也 艳 落井边也艳，

Ndos ndeeul dogt ndaangl nuangx yieh roongh.
朵 一 落 身上 妹 也 亮 落妹身也鲜。

Banz lumc jianh bangz bigt,
成 像 段 布 蓝 犹如蓝布匹，

Xigt lumc xigt bangz ndingl.
尺 像 尺 布 红 犹如红布条。

Mailsil degt soongl daangz,
丝线 绣 两 支 丝线绣两支，

Ndanlraanz xos soongl jauc.
房子 放 两 端 两端有房屋。

Soongl jauc soongl faix saanl,
两 端 两 木 编 木头架两端，

Saanl saiz xux byagtxih.
编 倒须笼 装 野菜 编笼装野菜。

Jis laez jis byagtfuz,
枝 哪 枝 浮萍 　　哪枝是浮萍，

Dez bail fuz basramx.
带 去 浮 水上 　　带去水上浮。

Ngonznix goy haz bamc jauchos nuangx daail,
今天 哥 将 扶 膝盖 妹 死 　　哥要扶妹死，

Gaml byaailfengz mengz ngeah.
握 指尖 你 睡着 　　握你指尖睡。

Goy xih xeecndaix xagt faix dangc donz daais,
哥（助） 舍得 砍 树 起 棚 外婆 　　哥砍树起搭棚，

Xeecndaix waaih faix dangc donz dal.
舍得 花 树 起 棚 外公 　　砍树搭地棚。

Gaauc aul mengz xamh xeeuh,
谈 要 你 共同 一辈子 　　与你共一生，

Gaauc aul nuangx xamh xeeuh.
谈 要 妹 共同 一辈子 　　与妹共一生。

Mbegt:
女 　　女：

Goy a,
哥啊 　　哥啊，

Beazbeaz haec gul neh mengz ndianllaab
白白地 给 我 想 你 腊月 　　让我想你

dogt nailsaanl,
下 雪米 　　腊月下雪米，

Beazbeaz haec gul ndunl byaailxaanz nyieh
白白地 给 我 站 晒台 到 　　让我想你

roongh.
天亮 　　晒台站天亮。

Haec nuangx sisnguad haux mizgenl,
给 妹 四月份 饭 不吃
让妹四月不吃饭，

Ndunl heenz xoongz gah eems.
站 旁边 桌 独自 饱
站桌边也饱。

Nuangx laez ndiabt mengz saamlngonz
妹 （助） 想 你 三天
妹想你

miz genl nad,
不 吃 粒
三天不吃一粒米，

Xadtngonz mizgenl doonh,
七天 不吃 段
七天不吃半颗饭，

Mizgenl doonh hauxmyaz.
不吃 段 稀饭
不吃半粒稀饭。

Dianl dangz rauz xih ruangh,
说 到 咱 就 忧愁
说到咱就愁，

Dianl dangz bix xih ruangh.
说 到 哥 就 忧愁
说到哥就忧。

Mengz duc bas nauz ndiabt nauz ndiabt,
你 都 口 说 想 说 想
你口口声声说想，

Bas nauz neh nauz neh.
口 说 想 说 想
口口声声说念。

Ndees mengz neh gec bux dangslaez?
不知道 你 想（助）个 什么样
不知你想谁？

Neh dangz gul laez bius?
想 到 我（助）没有
想到我没有？

Neh dangz nuangx laez bius mo goy.
想 到 妹 （助）没有（助） 哥
想到妹没有。

Nuangx duc ndiabt mengz ramxdal lail dumh mog,
妹 都 想 你 泪水 流 浸 被子
想你泪水打湿被，

Ramxdal dogt dumh soiz.
泪水 掉 浸 枕头
泪水湿枕头。

Ramxdal lail banz raais,
泪水 流 成 渠
眼泪流成渠，

Ramxdal dogt banz hongz.
泪水 掉 成 水塘
眼泪流成塘。

Rongz banz gal dah nis,
下 成 条 河 小
汇成条小河，

Feax xuangs bidt bail leeuh,
别人 放 鸭子 去 在
人放鸭去游，

Feax xuangs haans bail fuz.
别人 放 鹅 去 浮
人放鹅去浮。

Leeuh ramxdal buxxianh,
游 泪水 流浪人
去游浪人泪，

Fuz ramx daic buxxianh.
浮 水 哭 流浪人
去游浪人水。

Saail:
男
男：

Nuangx a,
妹啊
妹啊，

Duc mengz xeecndaix mal,
赌 你 舍得 来
只要你舍得来，

Gul xih gaail gec feenh naz laaux lacdaangs.
我 就 卖 （助） 片 田 大 阳台下
愿卖田来娶。

Gaail gec feenh naz gvaangs lac raanz,
卖 （助） 片 田 宽 下 家
卖大田来赎，

Gaail gec feenh nazjac dongh genz.
卖 （助） 片 秧田 山谷 上面
卖秧田来娶。

Gaail gec gongh xiez leeux xih leeux,
卖 （助） 圈 黄牛 完 就 完
卖黄牛不悔，

Gaail gec gongh waaiz leeux xih leeux.
卖 （助） 圈 水牛 完 就 完 卖水牛也愿。

Damzduc ndaix mengz mal xamh eeux,
只要 得 你 来 共同 家 只要得你来安家，

Damzduc ndaix mengz mal xamh raanz,
只要 得 你 来 共同 家 只要得妹来安家，

Ngonzdeel daail banz faangz xamh moh.
那天 死 成 鬼 共同 坟墓 死也共座坟。

Nuangx a,
妹啊 妹啊，

Gul maz gah qyus gah ruanghlinz,
我（助）独自 在 独自 忧愁 我独自犯忧愁，

Waangh sez gol faixrimz baangxric ruangh rih.
担心 像 棵 铁义槁 溪边 愁 地 如溪边树愁地。

Waangh sez gol faixmanc faixdaauz ruangh ndanl,
担心 像 棵 李树 桃树 愁 果 如桃李树愁果，

Gogt xaml byaail miz needt.
根 沉 梢 不 紧 根深蒂不固。

Baais fahseedt xos dungx duezbaul,
像 鱼钩 放 肚子 螃蟹 如鱼钩钓螃蟹，

Aul mizndaix xih waangh.
要 不得 就 担心 钓不得就担心。

Baais fahseedt qyus dungx duezbyal,
像 鱼钩 在 肚子 鱼儿 鱼钩钓鱼儿，

Hal mizndaix xih waangh.
配 不得 就 担心 钩不配就忧。

Baais gec gol faixreeux ndos ndingl unxdah,
像 （助）棵 木棉 朵 红 河对岸 木棉红对岸，

Gol reeux dams dungz dams,
棵 木棉 矮 共同 矮 木棉矮我矮，

Gol reeux saangl dungz saangl.
棵 木棉 高 共同 高 木棉高我高。

Gul xih daangl meeuz raanz yieh gaanh,
我（助）当 季 家 也 难 我当家不易，

Daangl meeuz eeux yieh gaanh.
当 季 家 也 难 哥当家也难。

Mbegt:
女 女：

Bix a,
哥啊 哥啊，

Meeh gul laez xugt log xac mengz deemc,
妈妈 我（助）蜡烛 绿 等 你 点 绿烛等你点，

Xugt heenc xac mengz baaiz.
蜡烛 黄 等 你 供 黄烛等你供。

Xac mengz naail baaihroh,
等 你 招呼 外面 等你外面拜，

Xac mengz daangl geiz suax[①] baaihroh.
等 你 当 女婿 跪 外面 等你外面跪。

Saail:
男 男：

Nuangx a,
妹啊 妹啊，

Bix duc nehjaiz genl hauxmboongs saamlliamx,
哥 都 想 吃 荞子 三角 哥想吃荞子，

Nehjaiz genl hauxweangc saaml seangl.
想 吃 小米 三 柜子 哥想吃小米。

① suax，在望谟布依语中为作揖之义，而在册亨布依语中译为跪。

Hamz gec goy laez rox gvih mizrox naail,
恨 （助）哥（助）会 跪 不会 招呼　　恨哥会跪不会喊，

Mizrox naail bausyah,
不会 拜 祖宗　　不会拜祖宗，

Mizrox doongx bausyah.
不会 喊 祖宗　　不会喊祖宗。

Rox gvih mizrox naail,
会 跪 不会 拜　　会跪不会拜，

Laaul xih gvaail seeucnac ngonzleangh,
怕 （助） 你 丢脸 一天　　怕让你丢脸，

Seeucnac xoix ngonzleangh.
丢脸 你 一天　　怕让妹丢脸。

Mbegt:
女　　女：

Bix a,
哥啊　　哥啊，

Deeh lianz meeh gul haaildul xac,
爹 和 妈 我 开门 等　　爹妈开门等，

Bix lianz nuangx gul ax dul xuangs.
哥 和 弟 我 开 门 留　　兄弟留门进。

Xac haec mengz dangz xiangl mal qyams xiangl,
等 给 你 到 年节 来 拜年 节　　等你来拜年，

Dangz ngaaiz mal qyams ngaaiz.
到 早饭 来 拜年 早饭　　等你吃年饭。

Laaul xih mengz qyamsxiangl jiezroh,
怕 （助） 你 拜年 别处　　怕你拜别处，

Gvaail qyams ngaaiz jiezroh.
你 拜年 早饭 别处　　怕你到别处。

Saail:
男　　男:

Nuangx a,
妹啊　　妹啊,

Xosidt deeh lianz meeh deems jis,
初一　爹　和　妈　盼　朋友　　初一爹妈盼友,

Xosngih deeh lianz meeh deems geiz.
初二　爹　和　妈　盼　女婿　　初二爹妈盼婿。

Laaul gec bix baizfengzndoil qyams dieh,
怕（助）哥　空手　拜年　爹　　怕哥空手去拜年,

Baizfengzndax qyams deeh.
空手　拜年　爹　　空手拜爹妈。

Is deengl gec bux genz bux lac,
如果　是（助）个　上　个　下　　如果是别人,

Deel xih lix mas lix diangz,
他（助）有　果　有　糖　　他有果有糖,

Bail qyamsxiangl banz mianh.
去　拜年　成　脸面　　拜年有脸面。

Bix laez saamlxaangz noh mul nis,
哥（助）三两　肉　猪　小　　哥有三两乳猪肉,

Sisxaangz noh mul haaul,
四两　肉　猪　白　　四两白猪肉,

Riuc bail gaaul jasxinz raanz nyangh.
拿　去　供　家神　家　你　　供在家神前。

Bix yieh nangh geazlaez duc seeucnac,
哥　也　坐　哪里　都　丢脸　　哥坐丢脸面,

Nangh geazlaez duc dogtxel.
坐　哪里　都　伤心　　坐着尽伤心。

Isnauz deengl gec geiz raanz mengz seeuc ruangh,
如果 是 (助) 女婿 家 你 少 忧愁 若是你家婿不愁，

Deengl gec geiz raanz nuangx seeuc ruangh.
是 (助) 女婿 家 妹 少 忧愁 是妹家婿不愁。

Mbegt:
女 女：

Bix a,
哥啊 哥啊，

Mengz duc mal yieh riuc gec mul dangz gal,
你 都 来 也 拿 (助) 猪 整 腿 你来带猪腿，

Riuc gec mal dangz jauc.
拿 (助) 狗 整 头 你来带狗头。

Dez gec lauc dangz fuz,
带 (助) 酒 整 壶 带着整壶酒，

Dez mal laail mal daaih,
带 来 多 来 多 什么都带齐，

Aul mal leeux mal daaih.
要 来 完 来 多 什么都带来。

Dez banz raabt banz ruaml,
带 成 挑 成 抬 带成挑成担，

Nuangx haz daanl genllauc,
妹 要 打算 结婚 我想要谈婚，

Gul haz xuex jifhuny.
我 要 聊 结婚 我想要论嫁。

Genllauc xih meeh bix xux miz xux,
结婚 (助) 妈妈 哥 接 不 接 你妈允不允，

Jiefhuny xih deeh bix haanl miz haanl.
结婚 (助) 爹 哥 应 不 应 亲人应不应。

Mizhac byaaic dangz jaangl xiez byah,
不要　走　到　中间　约　分离
不要中途就分离，

Haz bail bix xiez byah.
要　去　哥　约　分离
要去说分离。

Byah xih byah nyus xaux,
分离 就 分离 时候　早
要分就早分，

Mbaux xih mbaux gogtbil.
不　就　不　年初
要离年初离，

Mizxac gaangc hofyiq xiez byah,
不要　话　合意　约　分离
合意别分离，

Dianl hozdungx xiez byah.
说　合心　约　分离
合心别分离。

Saail:
男
男：

Nuangx a,
妹啊
妹啊，

Byah xih byah gec bux bail rih,
离开（助）分离那　个　去　地
种地人才分，

Byah xih byah gec bux bail naz.
离开（助）分离那个　去　田
种田人才离。

Beanl soonglrauz leg byah,
份　咱俩　别　分离
我俩不分开，

Rauz soonglbux leg byah.
咱　两个　别　分离
咱俩不分离。

Byah xih byah xez xaux,
分离 就 分离 时　早
要分就早分，

Mbaux xih mbaux gogtbil.
不　就　不　年初
要离就早离。

Weiqgecmaz haz byah?
为什么 要 分离　　为何要分离?

Isnauz mengz haz byah,
如果 你 要 分离　　如果你要分,

Xac rinlbanz dauc rah.
等 磨石 长 根　　等磨石长根。

Xac daamlqyas dauc mbael,
等 锄把 长 叶　　等锄把长叶,

Xac beellauz os nyis.
等 檩条 出 枝　　等檩条长枝。

Xac dugmis waanlqyumx,
等 酸苔 香甜　　等酸苔香甜,

Xac dugjams waanldiangz.
等 绛草苔 香甜　　等绛草苔香甜。

Xac gaulnyuangl banz gaanc xangh,
等 老哇藤 成 杆 称　　等鸦藤变称杆,

Xac gec byazfangh deemc dangl dez,
等 那 老虎芋 点 灯 燃　　等老虎芋点灯燃,

Xezdeel rauz lengc byah.
那时 咱 才 分离　　那时咱才分。

Xac byazfangh deemc dangl meanl,
等 老虎芋 点 灯 亮　　等老虎芋点灯亮,

Ndianl deel rauz lengc byah,
月 那 咱 才 分离　　那时咱才分,

Rauz soonglbux lengc byah.
咱 两个 才 分离　　那时咱才离。

Mbegt:
女　　　　　　　　　　　　　　　　　　女：

Bix a,
哥啊　　　　　　　　　　　　　　　　　哥啊，

Xinl raaix miz xinl raaix?
是 真的 不 是 真的　　　　　　　　　　是真还是假？

Xinl xih gul haz byaaic raanz bix,
真 就 我 要 走 家 哥　　　　　　　　是真我要走，

Xinl xih gul haz byaaic raanz mengz.
真 就 我 要 走 家 哥　　　　　　　　是真我要嫁。

Hamz gec raanz mengz bidt yieh lix wenz daez,
生气（助）家 你 鸭 也 有 人 看　你鸭有人看，

Haans yieh lix wenz geal.
鹅 也 有 人 喂　　　　　　　　　　鹅也有人喂。

Laaul xih miz liel dangz rauz bail raih,
怕（助）不 剩 到 咱 去 打理　　　　不用咱去管，

Miz liel dangz gul bail raih.
不 剩 到 我 去 打理　　　　　　　　不到我去做。

Bail yieh laaul gec ngonz gueheengl miz foonx,
去 也 怕（助）天 染布 不 黑　　　去怕我染布不黑，

Laaul gec ngonz gueh roomc miz mais.
怕（助）天 做 蓝靛 不 青　　　　　做蓝靛不青。

Laaul gec ngonz geal bidt jiangh geal gais
怕（助）天 喂 鸭 和 喂 鸡　　　　怕我去

miz sianz,
不 均匀　　　　　　　　　　　　　　鸡鸭喂不好，

Laaul gec mengz ngonzngonz dianl lifhuny,
怕（助）你 天天 说 离婚　　　　　怕你天天说离婚，

Ndianlndianl xuex lifhuny.
月月 聊 离婚　　　　　　　　　　　月月想离婚。

Saail：
  男　　　　　　　　　　　　　　　　　　男：

Nuangx a，
  妹啊　　　　　　　　　　　　　　　　妹啊，

Raanz bix bidtgais xac mengz geal，
  家　哥　鸡鸭　等　你　喂　　　　　　鸡鸭等你喂，

Mul yuangz xac mengz raih，
  猪　羊　等　你　收拾　　　　　　　　猪羊等你管，

Xac mengz badt biangh genz.
  等　你　收拾　坝子　上　　　　　　　坝子等你扫。

Deengl gec wenz raanz gul beas nuangx，
  是　（助）　人　家　我（助）　妹　　　人是我家人，

Deengl gec wenz raanz bix beas nuangx.
  是　（助）　人　家　哥（助）　妹　　　妹是哥家妹。

Meanhnix bail nac，
  现在　去　前　　　　　　　　　　　　从今往后，

Nyasnix bail saangl.
  现在　去　高　　　　　　　　　　　　现在开始。

Bailrih dungz gvaz，
  种地　一起　右　　　　　　　　　　　咱一起种地，

Bailnaz dungz soix.
  种田　一起　左　　　　　　　　　　　咱一起种田。

Bailrih gul dez qyas，
  种地　我　扛　锄　　　　　　　　　　种地我扛锄，

Bailnaz gul dez raaus.
  种田　我　扛　耙　　　　　　　　　　种田我扛耙。

Baildaaus gah dez xail，
  来回　自己　扛　犁　　　　　　　　　来回我扛犁，

Mizhaec yuxdalmbail cifkuiy,
不给 情妹 吃亏 不让你吃亏，

Mizhaec leglunz feax cifkuiy.
不给 幺姑娘 别人 吃亏 不让妹吃亏。

自由·骊歌

这是一场情感的历险。无需经历多少磨难，相爱的人总是希望能自由相恋，与对方长相厮守，愿天下有情人终成眷属。

Saail: 男	男:
nuangx a, 妹啊	妹啊，
ngonznix hocrauz soonglbux xamh dungx daans, 今天 咱们 两人 一起 一起 诉说	今天咱俩一起诉，
soonglbux xamh dungx dianl. 两人 一起 一起 说	咱俩一起说。
Ndil yieh raanz bixnuangx, 好 也 家 亲戚	好是别人家，
Hoc yieh raanz soonglrauz. 穷 也 家 两人	穷是自己家。
Mengz yieh hoonc① lo nuangx, 也 你 单 （助） 妹	你是单身妹，
Gul yieh hoonc, 我 也 单	我也独一人，
Mal rauz joonc gueh raanz. 让 咱 集中 做 家	咱来做一家。

① hoonc 单，一般指担子的单边，在望谟县布依语中一般不用于人，而册亨布依族地区用于表示单身汉或单身女。

Laanz haec beangz nix neenh,
相恋 给 地方 这 看 相恋给人看，

Dianl haec mbaanx nix neenh.
说 给 寨子 这 看 成家世人看。

Mbegt:
女 女：

Bix a,
哥啊 哥啊，

Doh daadt doh banz hongz,
整 山崖 整 成 水塘 崖宽有水塘，

Doh ndongl doh banz faix.
整 林 整 成 树 林大有树木。

Isnauz ndaix sancndeeul gueh haanz,
如果 得 一根 做 扁担 如得根做扁担，

Dianl xamh raanz seeuc ruangh,
说 一起 家 少 忧愁 成双少忧愁，

Dianl xamh eeux seeuc ruangh.
说 一起 家 少 忧愁 成对少忧愁。

Mbaanl xih rauz dungz daans,
糟糕 （助） 咱 一起 打算 有苦一起担，

Naanh xih rauz dungz dianl.
苦难 （助） 咱 一起 诉说 有难一起扛。

Dianl haec beangz nix neenh,
说 给 地方 这 看 做给世人知，

Dianl haec mbaanx nix neenh.
说 给 寨子 这 看 说给世人晓。

Saail:
男 男:

Nuangx a,
妹啊 妹啊,

Hamz gec ndanlbol nix mal heenl,
气愤 那 山坡 这 来 隔 可惜那山坡来阻隔,

Hamz gec xaz wees nix mal dungl,
气愤 那 丛 芭茅 这 来 遮 可恨茅草丛来遮,

Hamz gec ndanlbol nix mal doonc.
气愤 那 山坡 这 来 挡 可惜那山来阻挡。

Mal rauz xibbux xib fahqyas,
让 咱 十人 十 锄头 咱十人十把锄,

Basbux bas fahsol.
百人 百 凿 百人百把凿。

Mal rauz degt ndanlbol nix doms,
让 咱 打 山坡 这 跨 把这坡挖跨,

Rauz xih os luangs ndaix dungxranl,
咱 就 出 巷 得 相见 出寨得相见,

Byaail xaanz rauz dois xeeus.
稍 晒台 咱 对 照 晒台能想对。

Mbegt:
女 女:

Bix a,
哥啊 哥啊,

Hamz gec gol nyal nix mal heenl,
气愤 那 棵 草 这 来 隔 可恨那棵草来隔,

Hamz gec xaz wees jiangs xaz ngox dauc dungl,
气愤 那 丛 芭茅 和 丛 芦苇 生 遮 茅草芦苇来遮挡,

Hamz gec xaz fungl nix mal doonc.
气 那 丛（树名）这来 挡
恨那丛林来遮住。

Mal rauz xibbux xib fah xax,
让 咱 十人 十 把 刀
咱十人十把刀，

Basbux bas fahwaanl.
百人 百 斧头
百人百把斧头。

Mal rauz ramc gol fungl nix os,
让 咱 砍 棵 树名 这 出
把丛林砍掉，

Mal rauz gveenz xaz ngox nix xeel.
让 咱 掘 丛 芦苇 这 丢
把芦苇掘丢。

Baizdeel bol soonglrauz xeeus mianh,
那时 坡 咱俩 照 面
到时咱两坡相对，

Rauz soonglbux xeeus mianh.
咱 两人 照 面
咱俩人相对。

Saail:
男
男：

Nuangx a,
妹啊
妹啊，

Xinlraaix miz xinlraaix?
真的 不 真的
是真还是假？

Xinl xih mal rauz guehrih dungzxamh ndeenl.
真 就 让 咱 种地 共同 边
真心种地同边沟。

Ndeenl mengz yieh xos diangl,
边 你 也 种 黄瓜
那边你种黄瓜，

Ndeenl gul yieh xos diangl.
边 我 也 种 黄瓜
这边我也种黄瓜。

Mal rauz gaul dainglweenl dungzlaamh,
让 咱 藤 黄瓜 相缠
咱让瓜藤来相缠，

Deeuz bail baais gec gol faixreeux ndos
走开 去 拜 （那）棵 木棉 朵 咱去拜对岸

ndingl unxdah，
红 河对岸 木棉树，

Gol reeux dams xamh dams，
棵 木棉 矮 共同 矮 木棉树矮就矮，

Gol reeux saangl xamh saangl.
棵 木棉 高 共同 高 木棉树高就高。

Gul xih daanglmeeuzraanz yieh gaanh，
我（助） 当家作主 也 难 我想当家作主难，

Daanglmeeuzeeux yieh gaanh.
当家作主 也 难 哥想当家作主难。

Mbegt：
女 女：

Goy a，
哥啊 哥啊，

Xinlraaix miz xinlraaix？
真的 不 真的 是真还是假？

Xinl xih mal rauz guehrih dungzxamh ndeenl.
是（助）让 咱 种地 共同 边 是真种地同一边。

Aul dianglweenl bail xos，
要 黄瓜 去 种 拿黄瓜去种，

Osndos leeux banzndanl，
开花 了 结果 开花了结果，

Rauz dungzbanl bux doonh.
咱 分 个 段 一人分一半。

Isnauz doonh mengz xudt，
如果 段 你 不甜 若你那半不香，

Isnauz doonh mengz hamz,
如果 段 你 苦 　若你那半不甜，

Rauz xih banl doonh mos.
咱 就 分 段 另外 　咱分另一半。

Ngonzdeel doonh mengz xuangs xos mul,
那天 段 你 留 喂 猪 　你那半留喂猪，

Rauz xih genl saauhnix duc ims.
咱 就 吃 这么多 都 饱 　咱吃一半也饱。

Saail:
男 　男：

Nuangx a,
妹啊 　妹啊，

Gul duc neh jaiz guehrih gogt ndongl raul,
我 都 想 想 种地 脚 林 枫树 　我想种地枫树下，

Hamz gec rograul mizrox dogt waais.
生气 那 斑鸠 不会 种 棉 　可惜斑鸠不种棉。

Gul duc neh jaiz genl gec gvaaic byalbangz,
我 都 想 想 吃 那 粉肠 白甲鱼 　想吃白甲鱼粉肠，

Hamz gec reel mbaux meangx haad dah.
气愤（助）拦河网不 网 拦 河 　可惜没有拦河网。

Ngonzdeel xeenz nganz gah mengz laail,
那天 钱 银 彩礼 你 多 　你的彩礼要得多，

Aans gaail mengz bail roh,
故意 嫁 你 去 外面 　你故意嫁他乡。

Aans gaail nuangx bail roh.
故意 嫁 妹 去 外面 　故意远嫁他人。

Ngonzdeel boh mengz ranl sianlbyagt gul seeuc,
那天 爹 你 见 菜园 我 少 　你爹见我菜园少，

Ranl eeux haux gul nis.
见 仓 粮 我 小
见我粮仓小。

Sagtseangs miz banz genl,
心想 不 成 吃
心想不成器，

Lengc gaail mengz bail roh,
才 嫁 你 去 外面
才让你远嫁，

Lengc gaail nuangx bail roh.
才 嫁 妹 去 外面
才让妹远嫁。

Boh mengz haz gaail xos jaec,
爹 你 要 嫁 放 近
你爹想嫁近，

Laaul ndaix seac hadthamh.
怕 得 伺候 早晚
怕早晚伺候。

Laaul ndaix xamh xauzngaaiz,
怕 得 一起 早晚饭
怕一起进餐，

Laail ndanl doix guh deh.
多 只 碗 双 筷
怕多双碗和筷。

Gaail mengz bail unxdah,
嫁 你 去 河对岸
嫁到河对岸，

Has mengz bail unxnyiel,
嫁 你 去 江对岸
嫁到江对岸，

Gaail saaul liez bohmeeh.
嫁 女友 离 爹妈
嫁妹离爹妈。

Gaail mengz bail nuxdah,
嫁 你 去 河对岸
嫁到河对岸，

Has mengz bail unxnyiel,
嫁 你 去 江对岸
嫁到江对岸，

Gaail saaul liez bixgoy.
嫁 友 离 哥嫂
嫁妹离哥嫂。

Mbegt:
女　　　　　　　　　　　　　　　　　女:

Goy a,
哥啊　　　　　　　　　　　　　　　　哥啊,

Mengz laez bas bas duc nauz gul banzeeux,
你 （助）口 口 都 说 我 成家　　　　你说我成家,

Bas bas duc nauz nuangx banzraanz.
口 口 都 说 妹 成家　　　　　　　　你说妹成家。

Gul xih jees haz daail,
我（助）老 要 死　　　　　　　　　　我人老珠黄,

Daail xih qyus gogt haz heenc.
死 就 在 脚 茅草 黄　　　　　　　　死在枯草下。

Daail xih qyus gogt beenc hazmeangz,
死 就 在 脚 板 茅草　　　　　　　　死在茅草脚,

Gul duc jol wenzbeangz rogxeeus.
我 都 承蒙 众人 扫墓　　　　　　　众人来扫墓。

Ngonzdeel gul laez daail xih aul bail xos gec
那天 我（助）死 就 要 去 放（助）　那天我若死

jeemh waaiz rongz,
缝隙 水牛 下　　　　　　　　　　　　拿放牛路上,

Bongz lued bail lued daaus.
稀泥 敷 去 敷 回　　　　　　　　　来回烂泥敷。

Ngonzneel al ranl al yieh suadt,
那天 乌鸦 见乌鸦也 啄　　　　　　乌鸦见乌鸦啄,

Rog ranl rog yieh genl.
鸟 见 鸟 也 吃　　　　　　　　　　鸟儿见鸟儿吃。

Al genl al xih mbiml duh gons,
乌鸦吃乌鸦 就 飞 站立 树桩　　　乌鸦吃过站树桩,

Rog genl rog xih mbiml bail saangl.
鸟 吃 鸟 就 飞 去 高处　　　　　鸟儿吃过飞高处。

Xiz ndaangl naangz qyus dams,
留　身体　公主　在　矮　　　　留下妹一人，

Xiz ndaangl nuangx qyus dams.
留　身体　妹　在　矮　　　　留下我一人。

Saail:
男　　　　男：

Nuangx a,
妹啊　　　　妹啊，

Ndiabt dangz gec meenh rauz dungzqyus
想　到（那）时候　咱们　在一起　　　　想到我俩

lac xaz eedt,
下　丛　芭芒　　　　曾经在芭芒下，

Dungzqyus lac xazsil.
在一起　下　树丛　　　　在那树丛中。

Mengz laez nyianghfengz haaul legdos,
你（助）指尖　白　蜂蛹　　　　你指尖似蜂蛹，

Os sez yiangh waais gongh.
出　似　样子　棉花　赶　　　　白净如棉花。

Mbongl sez duez bidtnumh,
鲜　似　只　雏鸭　　　　嫩如那雏鸭，

Nuangx xih uns leg wenz,
妹（助）嫩　人　儿　　　　妹子人儿美，

Wenz jaanghxul miz seeuh.
人　街上　不　及　　　　没人比得及。

Nuangx a,
妹啊　　　　妹啊，

Mengz ndaix bil xibidt,
你　得　岁　十一　　　　那年你十一，

Ndas bibt jiangs ndas gais miz nyiel.
骂 鸭 和 骂 鸡 不 听　　鸡鸭赶不走。

Mengz ndaix bil xibngih,
你 得 岁 十二　　那年你十二，

Eeux faix reeg faad bih bail ramx guehxamz.
摘 树 细 赶 蜻蜓 去 水 玩耍　　摘枝赶蜻蜓。

Mengz ndaix bil xibsaaml,
你 得 岁 十三　　那年你十三，

Xomc ganl dauh bangz daanh.
包 帕 蓝 布 单　　头包蓝布帕。

Mengz ndaix bil xibsis,
你 得 岁 十四　　那年你十四，

Jeenlbeah bis basramx banz ndanl.
衣袖 铺 水上 成 个　　袖铺水成花。

Mengz ndaix bil xibhac,
你 得 岁 十五　　那年你十五，

Banz jiezgenz deel mal gvax,
有 上面的（助）来 瞅　　上有人来瞅，

Banz jiezlac deel mal hams.
有 下面 的 来 问①　　下有人来问。

Mengz ndaix bil xibrogt,
你 得 岁 十六　　那年你十六，

Bibt gais gac baangxfiz,
鸭 鸡 杀 火边　　鸡鸭坑边杀，

Mul yuangz gac baangx riangh.
猪 羊 杀 旁 圈　　猪羊圈边宰。

Mengz ndaix bil xibxadt,
你 得 岁 十七　　那年你十七，

① 问，指问媒。

Bausaaul roongs biangh genz.
家族　聚　坝　上　　家族坝上聚。

Mengz ndaix bil xibbeedt,
你　得　岁　十八　　那年你十八，

Meeh mengz aul bangz bigt mal soonx,
妈　你　要　布　蓝　来　套　　你妈蓝布套，

Aul bangz foonx mal xaaiz.
要　布　黑　来　裁　　黑布拿来裁。

Jeec mengz daaml gadt haaiz lianz beah,
姐　你　钉　纽　鞋　和　衣服　　你姐做衣鞋，

Meeh mengz sigt bangz foonx byah geiz,
妈　你　撕　布　黑　离别 女婿　　妈为婿撕布，

Mengz xih xauz ndil ies byah meeh.
你　（助）晚饭好　过 离别　妈　　饭后你离妈。

Mengz ndaix bil xibguc,
你　得　岁　十九　　那年你十九，

Mengz xih sas lianz ramx xeel gec bauslianzaaul,
你　（助）舂碓 和　水　留　给　家族　　碓不舂来水不要，

Hoonglliangz xeel gec boh lianz meeh.
活路　留　给　爹　和　妈　　活儿留给爹和妈。

Mengz ndaix bil ngihxib,
你　得　岁　二十　　那年你二十，

Mengz xih bail sez bibt ranl ramx yieh aangs,
你　（助）去　如　鸭　见　水　也　欢　　欢如鸭见水，

Bail sez haans ranl ramx yieh fuz.
去　如　鹅　见　水　也　乐　　乐如鹅见塘。

Mengz ndaix bil ngihidt,
你　得　岁　二十一　　那年你二十一，

Buxlaaux yeeuh gueh jis,
大人　喊　做　友　　大人称为友，

Buxnis yeeuh gueh leeuz.
小孩 喊 做 婶　　小孩叫做婶。

Mengz xih yeeuh boh gaus gueh dal,
你 （助） 喊 爹 自己 做 外公　　喊爹叫外公，

Yeeuh goy gaus gueh lungz,
喊 哥 自己 做 舅　　亲哥变成舅，

Naaih yeeuh gungz Naaih yeeuh.
越 喊 难 越 喊　　越难喊越喊。

Mengz ndaix bil ngihngih,
你 得 岁 二十二　　那年你二十二，

Mengz laez genlhaux daamh gec goc
你 （助） 吃饭 泡 （助） 汤　　你吃饭

byagtndoongl,
酸菜　　泡酸汤，

Saaul laez xaauxraanz genl miz dianl dangz goy.
女友（助） 成家 吃 不 说 到 哥　　成家不想哥。

Mbegt:
女　　女：

Bix a,
哥啊　　哥啊，

Meeh nuangx xuangs bail genz laaul gvaangx,
妈 妹 留 去 上 怕 绕　　去上寨怕绕，

Xuangs bail lac laaul jail.
留 去 下 怕 远　　去下寨怕远。

Nuangx xih bail riangz mengz lengc dingh,
妹 就 去 和 你 才 定　　妹一定跟你，

Bail riangz bix lengc dingh.
去 跟 哥 才 定　　我一定跟哥。

Ngonznix genzmbenl banz weac bigt,
今天 天上 成 云 蓝色 天上飘蓝云，

Banz xib xuih guc loh.
成 十 角 九 路 成十条九条路。

Genzmbenl dos jeeuz wal,
天上 钉 桥 花 上天造花桥，

Byal qyus hongz naamhbenh.
鱼 在 水塘 粪土 鱼在粪土中。

Bux mizrox xih jailanauz nuangx byaaic ramh,
个 不知道（助） 以为 妹 走 重复 疑妹重复走，

Bux mizrox xih jailanauz nuangx byaaic rianz.
个 不知道（助） 以为 妹 走 震动 疑妹步蹒跚。

Dez xoongz yiangl bail ruh,
带 桌 香烛 去 赎 带香烛去赎，

Yiangs xonz xuex bail ruh.
样子 句 话 去 赎 带句话去赎。

Duc mengz xeecndaix ruh lumcbux ruh damz,
赌 你 舍得 赎 好像 赎 水塘 赌你舍得赎塘，

Duc mengz xeecndaix ruh lumcbux ruh naz,
赌 你 舍得 赎 好像 赎 田 赌你舍得赎田，

Laaul gec gvaail xaz qvax miz ruh.
怕 （助） 你 嫌 傻 不 赎 怕你嫌傻不赎。

Saail:
男 男：

Nuangx a,
妹啊 妹啊，

Xinl raaix miz xinl raaix?
是 真的 不 是 真的 是真还是假？

Xinl goy xih jeebt nganz gaauh jeebt ngvax,
真 哥 就 片 银 如 片 瓦　　　真就银如瓦,

Wac nganz gaauh wac dangs,
块 银 如 块 凳子　　　真就银如凳,

Riuc bail dangc genzxoongz.
拿 去 搁 桌上　　　拿去搁桌上。

Raanz goy lix xeenz duc miz xeec ruh damz,
家 哥 有 钱 都 不 舍得 赎 塘　　　有钱不赎塘,

Lix xeenz duc miz xeec ruh naz.
有 钱 都 不 舍得 赎 田　　　有钱不赎田。

Xuangs aul baz raanz goy,
留 娶 妻子 家 哥　　　留钱来娶妹,

Xuangs aul baex raanz goy.
留 娶 妻子 家 哥　　　留钱来娶妻。

Bangz haaul xac mengz sag,
布 白 等 你 洗　　　白布等你洗,

Bangz log xac mengz ful.
布 绿 等 你 搓　　　绿布等你搓。

Xac mengz fuz duezbenh,
等 你 缝 沙牛　　　等你缝沙牛,

Fuz duezbenh basal.
缝 地牯牛 衣角　　　沙牛绣衣角。

Lengc xinl baz raanz goy,
才 真 妻子 家 哥　　　才是我的妻,

Lengc xinl baex raanz goy.
才 真 妻子 家 哥　　　才是哥的妻。

Mbegt:
女　　女：

Goy a,
哥啊　　哥啊，

Duc mengz xeecndaix ies daamlqyas faixrimz,
赌 你 舍得 放弃 锄把 铁义槁　　赌你舍得丢金锄把，

Duc mengz xeecndaix ies daamljingl faixbyaauh.
赌 你 舍得 放弃 锄把 树名　　赌你舍得弃银锄把。

Duc mengz xeecndaix ies yah laaux mizaul,
赌 你 舍得 放弃 妻子 大 不要　　赌你舍得弃贤妻不娶，

Duc mengz xeecndaix mbeel fengz mal aul gec
赌 你 舍得 张 手 来 要（助）　　赌你舍得

gul buxdoh.
我 一人　　来娶我一人。

Duc mengz xeecndaix aul nuangx os hongz lag,
赌 你 舍得 要 妹 出 水塘 深　　赌你舍得让妹出深塘，

Duc mengz xeecndaix yag nuangx os hongz yeeul.
赌 你 舍得 提 妹 出 水塘 绿　　赌你舍得提妹出深渊。

Duc mengx xeecndaix dez nuangx
赌 你 舍得 带 妹　　赌你舍得

os raanz baail raanz yaauh,
出 家 败 家 鬼　　带妹出恶家，

Raanz baail raanz yaauh deel genl wenz.
家 败 家 鬼 它 吃 人　　恶霸家吃人。

Genl lunz leeux xih bius,
吃 我 完 就 没有　　把我全吃完，

Raanz baail raanz yaauh deel genl honl,
家 败 家 鬼 它 吃 魂　　恶霸家收魂，

Genl gec lunz leeuxrunh.
吃（助）我 全部　　把我全吃光。

Saail:
男　　男：

Nuangx a,
妹啊　　妹啊，

Rumz bos nagt xih xamx,
风 吹 重 就 凉快　　吹大风就凉，

Ramx soisnac xih haaul.
水 洗脸 就 白　　水洗脸就白。

Jaiz saaul nanx bohmeeh,
想 友 超过 爹妈　　想你胜爹妈，

Bohmeeh duc lix dogtlangl.
爹妈 都 还 落后　　爹妈都在后。

Gul jaiz mengz dolnoih,
我 想 你 最　　我想你最多，

Gul jaiz nuangx dolnoih.
我 想 妹 最　　我想妹最多。

Duc mengz xeecndaix daaml xeecndaix nuangx a,
赌 你 舍得 又 舍得 妹 啊　　赌你舍得啊妹，

Duc mengz xeecndaix ies daamlqyas faixrimz.
赌 你 舍得 放弃 锄把 铁义槁　　舍得弃金锄把。

Duc mengz xeecndaix ies daamljingl faixbyaauh,
赌 你 舍得 放弃 锄把 树名　　舍得弃银锄把，

Duc mengz xeecndaix ies raanz laaux mizbail.
赌 你 舍得 放弃 家 大 不去　　舍得弃高楼。

Duc mengz xeecndaix byiadtfengz mal riangz goy,
赌 你 舍得 放手 来 跟 哥　　舍得放手来跟哥，

Byiadtfengz byaaic riangz goy.
放手 走 跟 哥　　放手来跟哥。

Mbegt:
女 — 女：

Goy a,
哥啊 — 哥啊，

Mal rauz dungzxiez genl soongl doonl ramxricic,
让 咱 相约 吃 两 段 溪水 — 咱相约喝溪水，

Genl sisdoix ramxnyiel.
吃 四碗 江水 — 咱相约喝江水。

Mal rauz dungzxiez gac leg meeuh,
让 咱 相约 杀 儿 菩萨 — 相约杀菩萨，

Gac leg meeuh deel daail.
杀 儿 菩萨 那 死 — 把菩萨杀死。

Wanz aul gvaail gueh guh,
想方设法要你 做 双 — 要与你成对，

Wanz aul bix gueh guh.
想方没法要哥 做 双 — 要与哥成双。

Saail:
男 — 男：

Nuangx a,
妹啊 — 妹啊，

Duc mengz xeecndaix daaml xeecndaix,
赌 你 舍得 又 舍得 — 赌你舍得又舍得，

Duc mengz xeecndaix genl soongl ngaaiz.
赌 你 舍得 吃 两 早饭 — 赌你舍得吃两餐。

Duc mengz lix haaiz danc soonglguh,
赌 你 有 鞋 穿 两双 — 赌你有鞋穿两双，

Duc mengz xeecndaix gueh yux byaaic jic faanl.
赌 你 舍得 做 友 走 几 次 — 赌你脚踏两条船。

Xeel gvaanl mengz riangz goy,
放弃 丈夫 你 跟 哥 放弃丈夫来跟我，

Xeel gvaanl nuangx riangz goy.
放弃 丈夫 妹 跟 哥 放弃丈夫来跟哥。

Duc mengz xeecndaix mal,
赌 你 舍得 来 只要你舍得来，

Gul xih bail beangzgenz xex max,
我 就 去 上方 买 马 我去上方买马，

Bail beangzlac xex aanl.
去 下方 买 马鞍 去下方买鞍。

Bail jaangljeex xex jobt,
去 街上 买 斗笠 去街上买斗笠，

Xex jobt mengz mal weenl.
买 斗笠 你 来 挂 斗笠你来挂。

Gamljeenl mengz mal nangh,
牵手 你 来 坐 牵你手来坐，

Gamljeenl nuangx mal nangh.
牵手 妹 来 坐 牵妹手来坐。

Mbegt:
女 女：

Bix a,
哥啊 哥啊，

Ngonznix rauz os luangs ndaix dungzranl.
今天 咱 出 巷子 得 相见 我俩出门就相见。

Byaail ganl rauz ngoodnguah.
尾 帕子 咱 相勾连 帕须可相连。

Os luangs ndaix dungzbungz,
出 巷 得 相遇 出门就相遇，

Byaailfengz rauz ngoodnguah.
指尖 咱 相碰 咱指尖相碰。

Fengz gaml fengz banz ramx,
手 握 手 成 水 手心握出水,

Fengz banc fengz banz ndanl,
手 握 手 成 个 手心握出汗,

Dal ranl mengz jigt byah.
眼 见 你 懒 离开 见后不离开。

Ngonznix mingh ndil sez mingh ndil,
今天 命运 好 (助) 命运 好 有幸又有幸,

Ndaix mailsil xamh guangh.
得 丝线 一起 格子 丝线同格用。

Riuc bail xuangs diec hongz yieh aangl,
拿 去 放 底 水塘 也 艳 飘水塘里也艳,

Gaangl diec hongz yieh roongh.
撑 底 水塘 也 亮 沉水塘里也鲜。

Gul xih ruangh gec mengz,
我 (助) 思念 那 你 我很想念你,

Mbenl miz geadt xih weac.
天 不亮 (敞) (助) 云 天不晴怪云。

Leg feax miz gueh raanz,
儿 别人 不 做 家 别人不成家,

Feax jal rauz bail loongh.
别 冤枉 咱 去 玩弄 冤枉咱玩耍。

Mizrox loongh leg feax guehmaz?
不会 玩弄 儿 别人 做什么 不玩耍做啥?

Selmingh bail lac liangc,
八字 去 下 伞 八字在伞下,

Selfoonx joonc lac soiz.
八字 合 下 枕头 八字在枕边。

Haz xamzreeul yieh gaanh,
想 玩笑 也 难　　想玩笑也难，

Xamzreeul ndax yieh gaanh.
玩笑 白白地 也 难　　想玩笑也难。

Saail:
男　　男：

Nuangx a,
妹啊　　妹啊，

Golfungl dauc dinl mbaanx,
树名 长 脚 寨子　　大树在寨脚，

Golwaanc dauc baangx mbos.
榕树 长 旁 井　　榕树长井边。

Gogt deel soonh dangz byaail,
根 它 直 到 梢　　从根直到梢，

Laauxlaez waanl lianz xax ramc rah.
谁人 斧头 和 砍刀 砍 根　　谁人刀来砍。

Laauxlaez xah lianz xeeux mal raaml.
谁人 绳 和 索 来 抬　　谁人索来抬。

Xaaml dangz raanz nac goy,
请求 到 家 面前 哥　　谁到哥家讨，

Laauxlaez xaaml dangz eeux nac yoy.
谁人 请求 到 家 面前 哥　　谁到哥家问。

Gus goy ndaix bil xibsis,
时候 哥 得 岁 十四　　那年哥十四，

Mengz laez xiez goy bis naaiz dogt.
你 （助）约 哥 吐 痰 落　　约哥来承诺。

Gus goy ndaix bil xibrogt,
时候 哥 得 岁 十六　　那年哥十六，

Mengz laez xiez goy logt naaiz daaus.
你 （助）约 哥 收 痰 回 约哥把话收。

Banzmaz xonz gaangc byaaus hauxbinl,
为什么 句 说 撒 碎米 为何要撒谎，

Xonznix jinq gaangc laangh.
这句 真 说 空 为何说空话。

Gaangc laangh gogt gol gaaml,
说 空 根 棵 黄果 果树脚说谎，

Gol gaaml ragt duc lix gec nyis gaaml daux.
棵 黄果 断 都 有（助） 枝 黄果 撑 树断有树撑。

Gaangc laangh gogt gol ngaux,
说 空 根 棵 杉树 对杉树说谎，

Gol ngaux ragt duc lix gec jis ngaux daux,
棵 杉树 断 都 有（助） 枝杉树 带 自有杉枝撑，

Mengz laez xidt gul fuz sez fug.
你 （助）丢 我 漂 如 泡沫 弃我如泡沫。

Golfaix xibngih ngaamz,
树子 十二 枝桠 树有十二枝，

Gol gaangz xibngih ngah.
棵 义槁 十二 枝 义槁十二枝。

Ngah ndeeul uees bail ric,
枝 一 伸 去 小溪 一枝伸小溪，

Xiuc ndeeul uees bail dah.
角 一 伸 去 河 一枝伸河里。

Ngonznix yah feax las liz lanl,
今天 妻 别人到处流浪 别人妻流浪，

Baz feax saml miz soh.
妻子 别人心 不 直 人妻心不直。

Saml miz soh lumc mag,
心 不 直 像 墨 心不直像墨，

Saml miz soh lumc mail.
心 不 直 像 线 心不直像线。

Maix raanz feax xaangh yueh,
妻子 家 别人 会 哄 别人妻会哄，

Yueh bidt dogt nazaans,
哄 鸭子 落 烂田 哄鸭落烂田，

Yueh haans dogt naz bongz.
哄 鹅 落 田 泥 哄鹅落泥田。

Mengz laez xidt gul songz jahdah,
你 （助）丢 我 住 河岸 弃我在河岸，

Xidt gul lamx jahdah.
丢 我 倒 河岸 弃我倒河边。

Mbegt:
女 女：

Bix a,
哥啊 哥啊，

Nuangx duc ndaix dingh fih ndaix xaaux,
妹 都 得 定 没有 得 开始 恋爱妹不谈，

Ndaix gaauc fih ndaix saanl.
得 捆 没有 得 编 成家妹未想。

Nuangx duc fih ndaix dianl xaauxraanz goons goy,
妹 都 没有 得 说 安家 先 哥 妹未先安家，

Fih ndaix dianl xaauxeeux goons goy.
没有 得 说 成家 先 哥 妹未先当家。

Ngonznix feax hams xih nuangx mizbail,
今天 别人 问 （助） 妹 不去 提亲妹不理，

Meeh gaail xih gul miz maaic,
妈 嫁 （助）我 不 喜欢 妈许我不悦，

Feax maaic xih gul mizil.
别人喜欢（助） 我不同意 　　别人喜欢妹不愿。

Nuangx miz ndaix xaauxraanz lil goons goy,
妹 没有 得 成家 错 先 哥 　　妹未安家在哥先，

Fih ndaix lil xaauxeeux goons goy.
没有 得 错 成家 先 哥 　　妹未立业在哥前。

Doh ses laez dangz nuangx duc miz maaic,
次 媒人哪 到 妹 都 不 喜欢 　　多人提亲妹不喜，

Buxlaez maaic nuangx duc mizbail.
谁人 喜欢 妹 都 不同意 　　他人喜欢妹不愿。

Nuangx duc xeecmizndaix rongzlail binsmeanh,
妹 都 舍不得 结婚 至今 　　至今未结婚，

Xeecmizndaix bail raanz feax binsmeanh.
舍不得 去 家 别人 至今 　　至今未嫁人。

Isnauz goy xeecndaix,
如果 哥 舍得 　　如果哥舍得，

Isnanz goy xeec dangz.
如果 哥 舍得 到 　　如果你舍得。

Lix saml xih guanc lings,
有 心 （助）尽管 倾斜 　　有心你就来，

Lix mingh xih guanc riangz.
有性命 （助）尽管 跟 　　有命你就跟。

Ngonznix saaul xunzbeangz miz ruangh,
今天 女友 流浪 不 担心 　　流浪我不愁，

Bail xunzmbaanx miz ruangh.
去 流浪 不 担心 　　流浪我不忧。

Saail:
男　　男:

Nuangx a,
妹啊　　妹啊,

Mengz duc bas daamh bas nauz fih banzeeux,
你 都 嘴 又 嘴 说 未 成家　　你嘴说未成家,

Mengz duc bas daamh bas nauz fih banzraanz.
你 都 嘴 又 嘴 说 未 成家　　你嘴说未立业。

Mengz laez fengz ndeeul gaml gol waais,
你 (助) 手 一 拿 棵 棉　　你一手拿棉条,

Fengz ndeeul waaix nyalnyungz.
手 一 抓 芭茅　　一手抓芭茅。

Soonglfengz waz ndanlndiex,
两手 抓 针线框　　两手抓线框,

Soonglfengz head guh haaiz.
两手 系 双 鞋　　两手系鞋带。

Bail miz naail bohmeeh,
去 不 告别 爹妈　　临走不辞别,

Naail bohmeeh laaul loodt.
辞别 爹妈 怕 迟到　　辞别怕去晚。

Naail bohmeeh laaul gvaaiz,
告别 爹妈 怕 晚　　辞别怕误时,

Bail loodt ngaaiz gvaanl gaus.
去 迟到 早饭 丈夫 自己　　错过夫家餐。

Mbegt:
女　　女:

Bix a,
哥啊　　哥啊,

Jiez genz gul miz gvax,
地方 上 我 不逛　　上方我不走，

Jiez lac nuangx mizbail.
地方下 妹 不去　　下方妹不去。

Gul haz gaangc riangz gvaail dohdoh,
我 要 说话 跟 你 仅仅　　我只跟你说，

Gul haz reeul riangz bix dohdoh.
我 要 笑 跟 哥 仅仅　　我只跟你笑。

Nuangx duc neh haz bail dagt hauxsaanl xos gais
妹 都 想 要 去 舀 大米 喂 鸡　　我只想

raanz yux,
家 友　　去哥家舀米喂鸡，

Neh haz bail daangx hauxfex raanz gvaail.
想 要 去 当 饭菜 家 你　　去担柴米和油盐。

Laaul xih nuangx bail xaauxraanz miz manh,
怕 （助） 妹 去 安家 不 稳　　怕我安家不稳，

Bail xaauxeeux miz manh.
去 安家 不 稳　　怕妹立业不稳。

Saail:
男　　男：

Nuangx a,
妹啊　　妹啊，

Bix xih deengl gec bux ngonzngonz gead
哥（助） 是 （助）人 天天 扛　　哥是天天

fahxax,
砍刀　　扛砍刀的人，

Ngonzngonz gac nyalnyungz.
天天 杀 草名(牛马等爱吃)　　天天去割草。

Deengl gec wenz guehhoongl xih naanh,
是 （助） 人 做活 就 苦 干活人辛苦，

Gueh hoonglliangz xih naanh.
种 粮食 就 苦 种粮食辛苦。

Raanz bix xih soonglfengz soonglfah qyas,
家 哥 是 两手 两把 锄头 哥是两手两把锄，

Soongl mbas soongl raabt ramx.
两 肩膀 两 挑 水 两肩两挑水。

Beehnauz ganx gaauhlaez haz daail,
虽然 勤快 多少 要 死 虽然哥勤快，

Ngaaiz leeux dez nyiecmul aans gaanh,
早饭 后 背 猪草 可能 废 猪草背不动，

Dez nyiec sez aans gaanh.
背 草 山药 可能 废 山药背不动。

Beis nyiecmul duc saangl gaauh mbas,
背 猪草 都 高 如 肩膀 猪草高齐肩，

Beis gaulraaux duc saangl gaauh ndaangl.
背 锯锯藤 都 高 如 身子 锯藤有身高。

Gul duc deengl gvaanl mengz aans gaanh,
我 都 是 丈夫 你 可能 废 做你丈夫难，

Gvaanl xoix nuangx aans gaanh.
丈夫 个 妹 可能 废 做妹丈夫难。

Mbegt:
女 女：

Bix a,
哥啊 哥啊，

Mengz laez soonglengz soonglfah qyas,
你 （助） 两手 两把 锄头 你两手两把锄，

Soonghmbas soongl raabt ramx.
两肩膀 两 挑 水　　两肩两挑水。

Leg feax ganx jiclaail,
儿子 别人 勤快 几 多　　情哥多勤快，

Nuangx aans wanz aul gvaail mizduanh,
妹 一定 想方设法 要 你 一定　　我一定跟你，

Wanz aul bix mizduanh.
想方设法 要 哥一定　　我一定跟哥。

Saail:
男　　男：

Nuangx a,
妹啊　　妹啊，

Byagtgaadt dauc baangx ric,
青菜 长 旁边 小溪　　青菜长溪旁，

Banz mbael xic mbael jams.
成 叶 紫色 叶 紫红色　　长成紫红色。

Leg feax xaauxraanz miz hams bix,
儿子 别人 成家成家 不 问 哥　　安家不问哥，

Xaauxraanz miz hams gul.
成家 不 问 我　　安家不问我。

Mbaux miz hams buxjees ndael mbaanx,
不 不 问 老人 里 寨子　　不问寨中老，

Mbaux miz hams buxlaaux ndaelraanz.
不 不 问 老人 家里　　不问家里人。

Saaul banzraanz miz his,
女友 成家 不 愁　　你成家不忧，

Mengz banzeeux miz his.
你 成家 不 愁　　妹成家不愁。

Mianh goy ndaix bil xihngih,
时候 我 得 岁 十二　　那年哥十二，

Goy duc nehjaiz yeeuh boh nuangx gueh dal.
哥 都 想 喊 爹 妹 做 外公　　想喊你爹做外公。

Nehjaiz ral meeh mengz gueh daais,
想 找 妈 妹 做 外婆　　想喊你妈做外婆，

Mengz laez gaangc sogtnaais haec gul.
你 （助） 说 丧气 给 我　　你跟我说丧气话。

Ngonzdeel gul daic mingh,
那天 我 哭 命　　那时我哭命，

Faanl deel bix daic mingh.
次 那 哥 哭 命　　那时哥哭命。

Nuangx laez nisnis beah dauh rox gah xaaiz,
妹 （助） 从小 衣 蓝 会 自己 裁　　你从小会裁衣，

Haaiz diec wal yieh rox gah sams.
鞋子 底 花 也 会 自己 纳　　从小会纳鞋。

Nuangx gah sams haec gvaanl,
妹 自己 纳 给 丈夫　　纳鞋给丈夫，

Maslizsaanl gah leeh,
石榴 自己 选　　石榴自己挑，

Masgaaml jeex gah leeh.
黄果 街上 自己 选　　黄果自己选。

Nuangx xih leeh ndaix gec gvaanl gungyzuof
妹 （助） 选 得 （助） 丈夫 工作　　妹选得一位

xiangx bas,
养 嘴　　好丈夫，

Leeh ndaix jaauc gungyzuof xiangx xel.
选 得 丈夫 工作 养 心　　选得工作郎。

Mengz xih qyus jaanglxul mizruangh,
你 （助） 在 街上 不愁生　　在城里不忧，

Jaanglxul laaux mizruangh.
街上 大 不愁 在城里不愁。

Mbegt:
女 女:

Bix a,
哥啊 哥啊,

Gaaisdeel deengl boh lianz meeh aul xos fengz,
那个 是 爹 和 妈 要 放 手 那是爹妈许,

Mizdeengl lunz gah leeh,
不是 我 自己 选 不是我去挑,

Mizdeengl nuangx gah leeh.
不是 妹 自己 选 不是我去选。

Goy a,
哥啊 哥啊,

Dax mengz xeecndaix aul gul os hongz lag,
赌 你 舍得 要 我 出 塘 深 量你舍得助我逃,

Dax mengz xeecndaix yag gul os hongz yeeul.
赌 你 舍得 提 我 出 塘 青色 救妹出深渊。

Aul gul deeuz raanz nah,
要 我 离开 家 别家 让我离别家,

Myiec gul byaaic raanz nah.
不让 我 走 家 别家 别再走别家。

Raanz nah gul mizbail,
家 别家 我 不去 别家我不去,

Gul haz bail riangz mengz xamheeux,
我 要 去 和 你 成家 要与你成家,

Bail riangz bix xamhraanz.
去 和 哥 成家 要与哥成家。

Saail:
男　　　　男：

Nuangx a,
妹啊　　　　妹啊，

Duc mengz os ngonz ndux,
赌 你 离 天 前　　　　赌你第一天离，

Gul xih xux ngonz langl.
我 就 接 天 后　　　　我就第二天娶。

Mizhaec mengz jangl rongs faz raanz roh,
不给 你 关 笼 铁 家 外　　　　不让你关在铁笼，

Mizhaec mengz jangl rongs faix raanz roh.
不给 你 关 笼 木头 家 外　　　　不让你关在木笼。

Is mengz jangl rongs faixfaaiz,
如果 你 关 笼 楠竹　　　　你若关在竹笼里，

Gul xih haail mengz os.
我 就 开 你 出　　　　我来把笼开。

Bix xih gaml mengz mal,
哥 就 牵 你 来　　　　哥来牵你走，

Raz xih bail xamheeux,
咱 就 去 成家　　　　咱俩去成家，

Raz xih byaaic xamhraanz.
咱 就 走 成家　　　　咱俩共一屋。

Nuangx a,
妹啊　　　　妹啊，

Goy duc nehjaiz aul bidt bail gac dinl xaans,
哥 都 想 要 鸭 去 杀 脚 坝子　　　　我想坝前把鸭宰，

Haans bail gac dinl lail.
鹅 去 杀 脚 梯子　　　　梯口把鹅杀。

Mul yuangz gac dazgongh,
猪 羊 杀 圈　　　　圈里杀猪羊，

Bausaaul roongs bianghgenz.
家族 聚 坝子 家族聚坝子。

Rauz genl leeux gaangc gvas,
咱 吃 完 说 过 说过不后悔,

Gaangc gvas leeux xih bail.
说 过 了 就 去 说了咱就去。

Rauz rongzlail hadtxoh,
咱 出嫁 明早 明早妹出嫁,

Bail riangz bix hadtxoh.
去 跟 哥 明早 明早去跟哥。

Mbegt:
女 女:

Bix a,
哥啊 哥啊,

Isnauz deeh bix suans ngonzndil mal xac,
如果 爹 哥 算 吉日 来 等 若爹算吉日等,

Meeh bix suans ngonzndil mal xux.
妈 哥 算 吉日 来 接 若妈算吉日接。

Xezrux dangz raanz gvaail,
酉时 到 家 你 酉时到你屋,

Xezsanl dangz raanz goy.
申时 到 家 哥 申时到哥家。

Laaul mengz xaz nuangx bidtgais mizrox geal,
怕 你 嫌弃 妹 鸡鸭 不会 喂 怕你嫌我不会喂鸡鸭,

Xaz nuangx mul yuangz mizrox raih.
嫌弃 妹 猪 羊 不会 打理 嫌我不会喂牛马。

Xaz nuangx mizrox raih roh raih ndael,
嫌弃 妹 不会 打理 外 打理 里 嫌我不会持家务,

Mizrox saec xaz sael haec meeh,
不会 伺候 茶 干净 给 妈
不会端茶伺候娘，

Mizrox saec xaz xamx haec meeh.
不会 伺候 茶 凉 给 妈
不会端茶伺候妈。

Saail:
男
男：

Nuangx a,
妹啊
妹啊，

Xinl raaix miz xinl raaix?
是 真的 不 是 真的
是真还是假？

Xinl xih xaadt xah ndaaix.
是 就 搓 索 麻
是真搓麻绳。

Xinl xih laaix xah mail,
是 就 拉 索 线
是真拉线条，

Bail gezlaez miz byah.
去 哪里 不 分离
去哪不分离。

Laaul xih mengz byah gul duc ndaix,
怕 （助） 你 离开 我 都 得
你可离开我，

Gul byah mengz mizmdaix,
我 离开 你 不得
我离你不行，

Byah sez bidt byah waail,
分离 如 鸭 离 水渠
分如鸭离水，

Byah sez waaiz byah meeh.
分离 如 牛 分离 妈
分如牛离母。

Bidt byah waail duc lix ramx xeeh,
鸭 离开 水渠 都 有 水泡
鸭离渠也有水泡，

Waaiz byah meeh duc lix nyiec genl.
牛 离开 妈 都 有 草吃
牛离母还有草吃。

Laaul xih gul byah mengz biusxingh,
怕 (助) 我 离开 你 一无所有 我离你一无所有,

Gul byah nuangx biusxingh.
我 离开 妹 一无所有 哥离妹一无所有。

Mbegt:
女 女:

Goy a,
哥啊 哥啊,

Mengz yieh legfaixrod,
你 也 金竹笋 你是金竹笋,

Gul yieh legfaixrod,
我 也 金竹笋 我亦金竹笋,

Byaail deel ndood dungzxoh.
梢 它 接 一起 竹梢能相连。

Mengz yieh leg daangs boh,
你 也 儿 另外 爹 你我不同爹,

Gul yieh leg daangs meeh.
我 也 儿 另外 妈 你我不同妈。

Leg daangs boh daangs meeh daangs raanz,
儿 另外 爹 另外 妈 另外 家 各自生一家,

Rumz dez mal dungzroongs.
风 吹 来 相聚 风吹来相聚。

Mal rauz xugtxiangz humx golnyaus,
让 咱 筑墙 拦 冬瓜树 咱筑墙拦冬瓜,

Xugt saus humx gol wal.
筑 灶 拦 棵 花 筑灶拦花丛。

Ndal xiangz humx gol jaus,
搭 墙 拦 棵 桐树 搭墙拦桐树,

Mal rauz xidt bux gaus jiangs bux ndux bail jail,
让 咱 甩 个 旧 和 个 先 去 远　　撇旧爱一边,

Aul gec wenz beangzjail mal xoh.
要 那 人 远方 来 相向　　远方人来换。

Saail:
男　　男:

Nuangx a,
妹啊　　妹啊,

Xinl raaix miz xinl raaix?
是 真的 不 是 真的　　是真还是假?

Xinl xih gul haz aul mul duahsis bail gac,
真 就 我 将 要 猪 一百四 去 杀　　是真把猪杀,

Mul duahhac bail genl.
猪 一百五 去 吃　　杀大猪来庆。

Aul ndaangl mengz mizduanh,
要 身 你 一定　　一定要娶你,

Aul ndaangl nuangx mizduanh.
要 身 妹 一定　　一定要娶妹。

相守·颂歌

所有的歌声,都表明一个指向;所有的话语,都化作一句誓言。坚贞的爱情,雷打火烧,恒久不变;相依相偎,幸福永远……

Saail:
男　　　　男:

Hamhnix ndaauhndis ndingl ins ndingl,
今晚　星星　红　又　红　　　　星星闪又闪,

Mbinl bail ndoobt gec jeeh weac foonx.
飞　去　撞　(助)缝隙　云　黑　　　　飞去撞乌云。

Mbinl bail soonx gec jeeh weac haaul.
飞　去　插　(助)缝隙　云　白　　　　飞去撞白云。

Gul mizrox xih jaiznauz saaul bail naaus,
我　不知道　就　以为　友　去　永远　　　　以为你去不回头,

Sagtsiangs daaus mizndaix dungzranl.
以为　回　不得　相见　　　　幸好能相见。

Laaizlaez xibbux xib deeuz honl,
谁知　十人　十　条　灵魂　　　　十人十条魂,

Faanh bux faanh deeuz mingh.
万　人　万　条　命　　　　万人万条命。

Xib dingh joonc gueh dingh,
十　洼　汇聚　做　洼　　　　十洼汇一洼,

Xib hongz joonc gueh hongz.
十　塘　汇聚　做　塘　　　　十塘汇一塘。

Dingh ndeeul xuangs ndaml hongl,
洼 一 留 栽 茅稗 一洼栽茅稗，

Hongz ndeeul xuangs ndaml lux.
塘 一 留 栽 柳树 一塘插柳枝。

Feax gueh yux feax ndaanl,
别人 做 友 别人 淡化 别人交友别人淡，

Rauz gueh yux miz ndaanl.
咱 做 友 不 淡化 咱交友不淡。

Feax dungzlaanz feax aais,
别人 恋爱 别人 淡化 别人恋爱别人淡，

Rauz dungzlaanz miz aais.
咱 恋爱 不 淡化 咱相爱不淡。

Ngonzdeel gul xih xeecndaix xagt faix dangc
那天 我（助） 舍得 砍 树 起 那天我舍得

diangz daais,
地棚 外婆 砍树搭地棚，

Wal faix dangc donz dal.
花 树 起 地棚 外公 花树建地棚。

Saanl saiz xux byagtxih,
编 鱼篓 装 野菜 编鱼篓来装野菜，

Gol laez gol byagtxih?
棵 哪 棵 野菜 哪棵是野菜？

Jis laez jis byagtfuz?
枝 哪 枝 浮萍 哪枝是浮萍？

Gul xih dez bail fuz basramx.
我 就 带 去 浮 水面 带去浮水上。

Gul xih haz bamc jauchos mengz daail,
我（助）将 扶 膝盖 你 死 我将趴你膝到死，

Gaml byaailfengz mengz nauh.
牵 指尖 你 腐烂 牵你手到老。

Mbegt:
女
女：

Bix a,
哥啊
哥啊，

Isnauz gul ndaix mengz gueh gvaanl,
如果 我 得 你 做 丈夫
你若是我夫，

Byagt bius gul gah xex,
菜 没有 我 自己 买
没菜我来买，

Haux bius gul gah xaaml.
米 没有 我 自己 借
无米我来借。

Mizhaec xuzxizlaanl banznaanh,
不给 情哥哥 受难
不让你受苦，

Mizhaec goysaaml feax banznaanh.
不给 三哥 别人 受难
不让哥受难。

Gul laez xib loh dogt guc jeeuz,
我（助）十 路 落 九 桥
十路九桥过，

Gaangc ndix mengz buxndeeul,
说话 和 你 一人
与你一人说，

Reeul ndix mengz buxdoh.
笑 和 你 一人
跟你一人笑。

Bailrih nuangx dez qyas,
种地 妹 扛 锄头
种地妹扛锄，

Bailnaz nuangx dez raaus.
种田 妹 扛 耙
打田妹扛耙。

Baildaaus gah dez xail,
来回 自己 扛 犁
来回我扛犁。

Haec mengz bail gueh yiangh,
给 你 去 做 样子
让你做样子，

Haec mengz byaaic gueh yiangh.
给 你 走 做 样子

让你在身边。

Saail:
男

男:

Nuangx a,
妹啊

妹啊,

Isnauz rauz ndaix rauz,
如果 咱们 得 咱们

我俩若成双,

Isnauz raz ndaix raz.
如果 咱们 得 咱们

我俩若成对。

Haux mizlix hams gaail,
米 没有 问 米筒

无米问米筒,

Ngaaiz mizlix hams xangh.
早饭 没有 问 称

无饭就问称。

Soonglrauz nangh jaucjeex dungz aanl,
咱俩 坐 街头 一起 打算

坐街头相商,

Jaaucyah laanl mizneh,
夫妻 烂 不愁

夫妻苦不愁,

Gvaanlbaz hoc mizneh.
夫妻 穷 不愁

夫妻穷不忧。

Xunznix bail nac,
现在 去 前

从今往后,

Nyasnix bail genz.
现在 去 上

现在开始。

Hoc dungz daans,
穷 一起 分担

有难同分担,

Naanh dungz dianl.
苦难 一起 诉说

有苦咱相诉。

Isnauz ndaix gec nuangx gueh baz,
如果 得 (助) 妹 做 妻子 若得妹为妻,

Gul xih haec mengz qyus basdangs yuzyianx.
我 就 给 你 在 阳台 游逛 让你晒台去玩耍。

Qyus lacliangc degtbaaiz,
在 伞下 打牌 伞下把牌打,

Ngaaiz banzgenl xih yeeuh.
早饭 成吃 就 喊 饭熟我来喊。

Yah gul a,
妻子 咱 啊 我妻啊,

Degtbaani sel laez hingz?
打牌 输 或 赢 是输还是赢?

Sel xih mal genlhaux,
输 就 来 吃饭 输就来吃饭,

Sel xih mal genlngaaiz.
输 就 来 吃早饭 先来吃早饭。

Ngaaiz leeux rauz degt deeml,
早饭 后 咱 打 再 饭后咱再打,

Aul gec xeenz diec siangl bail faanh,
要 (助) 钱 底 柜 去 扳 要钱柜里拿,

Xeenz diec longx bail faanh.
钱 底 篮子 去 扳 要钱篮底翻。

Mbegt:
女 女:

Goy a,
哥啊 哥啊,

Isnauz nuangx ndaix mengz gueh gvaanl,
如果 妹 得 你 做 丈夫 得你做丈夫,

Nuangx yieh miz daans degtxeenz,
妹 也 不 打算 赌钱 　　妹不去赌钱，

Nuangx yieh miz daans degtbaaiz.
妹 也 不 打算 打牌 　　妹不去打牌。

Rauz xih daans genlngaaiz ndaelrih,
咱 （助）打算 吃早饭 地里 　　地里吃早饭，

Dianl genlhaux ndaelrih.
说 吃饭 地里 　　吃饭在地里。

Daans guehrih dangz mbeenx,
打算 种地 整 片 　　种地一整片，

Daans guehnaz dangz mbos.
打算 种田 整 块 　　种田一整块。

Xeenznganz os jaanghfengz,
钱财 出 手上 　　钱财出手上，

Gul ndaix mengz miz ruangh,
我 得 你 不 愁 　　我跟你不苦，

Gul ndaix bix miz ruangh.
我 得 哥 不 愁 　　妹嫁哥不愁。

Saail:
男 　　男：

Nuangx a,
妹啊 　　妹啊，

Isnauz goy ndaix nuangx gueh baz,
如果 我 得 妹 做 妻子 　　妹若是我妻，

Haec mengz qyus lac naz guehseeus.
给 你 在 下 田 绣花 　　田边把花绣。

Neenh gol jac deel fuz miz fuz,
看 棵 秧苗 它 飘浮 不 飘浮 　　看秧苗稳不稳，

Isnauz gol jac deel jiangh fuz.
如果 棵 秧苗 它 即将 飘浮　　秧苗将漂浮。

Nauz ndaangl gul bail xoih,
说 身 我 去 修　　说给我去补，

Haec ndaangl bix bail xoih.
给 身 哥 去 修　　说给哥去补。

Isnauz ndaix xoix nuangx gueh baz,
如果 给 个 妹 做 妻　　得妹做我妻，

Haec mengz qyus basdaangs yuzyianx,
给 你 在 阳台 游逛　　只让你游逛，

Qyus lac liangc degt mafjiangq,
在 伞 下 打 麻将　　伞下打麻将，

Sens gec xeenz xex ianl haec goy,
挣（助）钱 买 烟 给 哥　　为哥挣烟钱，

Ianl hungfmeif haec goy.
烟 红梅 给 哥　　买包红梅烟。

Goy xih daans runglhaux,
哥（助）打算 煮饭　　哥来把饭煮，

Goy xih daans rungl xauz.
哥（助） 煮 晚饭　　哥来煮晚饭。

Ndaangl soonglrauz xamh nangh,
身 我俩 一起 坐　　我俩坐一起，

Rauz soonglbux xamh nangh.
咱 两人 一起 坐　　咱俩一起坐。

Mengz xih nangh mianh lac,
你（助）坐 面 下　　你坐在下方，

Goy xih nangh mianh genz.
哥（助）坐 面 上　　哥就坐上面。

Gul jamc mengz neebtbyagt,
我 帮 你 夹菜　　我帮你夹菜，

Bix jamc mengz nyianycaiq.
哥 帮 你 夹菜　　哥帮你夹菜。

Mizhaec ndaangl gvaail cefkuiy,
不给 妹 聪明 吃亏　　不让妹吃亏，

Mizhaec ndaangl duez nuangx cefkuiy.
不给 身 个 妹 吃亏　　不让你吃亏。

Mbegt:
女　　女：

Bix a,
哥啊　　哥啊，

Is rauz ndaix xamh eeux,
如果 咱 得 一起 家　　如果咱一家，

Is rauz ndaix xamh raanz.
如果 咱 得 一起 家　　如果咱一屋。

Rauz xih duezdagt dungzxamh mbis,
咱 （助） 蚂蚱 一起 撕　　蚂蚱一起吃，

Duezndings dungzxamh banl.
蝼蛄 一起 分　　蝼蛄平均分。

Ngonzdeel miz banzgenl xih mingh,
那天 不 成吃 （助） 命　　无食命中定，

Miz banz danc xih mingh.
不 成 穿 （助） 命　　没穿命中定。

Laaul mengz yueh nuangx genl faixgaangz,
怕 你 骗 妹 吃 义槁　　怕你骗妹吃树叶，

Yueh nuangx genl faixeens.
骗 妹 成 树名　　骗妹吃树枝。

Laaul mengz yueh nuangx deengs lac lail,
怕 你 骗 妹 悬浮 下 梯子　　怕你骗妹悬梯口，

Mengz laez bail guehraanz goons ruangh,
你 （助）去 成家 先 妹 你比妹先安家，

Bail xaaux eeux goons ruangh.
造 家 先 妹 你比我先安家。

Laaul mengz nauz haec gul xunz ric genl dugmbaais,
怕 你 说 给 我 玩 溪 吃 酸苔 怕你骗我吃酸苔，

Raaih gvaauc genl dug meangz,
爬 山顶 吃 苔 茅草 骗我吃草苔，

Haec gul xunzbeangz genl dug gvas.
给 我 流浪 吃 苔 过 让我吃苔过日子。

Saail:
男 男：

Nuangx a,
妹啊 妹啊，

Isnauz rauz ndaix rauz,
如果 咱 得 咱 如果咱一起，

Isnauz rauz ndaix rauz.
如果 咱 得 咱 如果咱一家。

Goy miz haec mengz xunz ric genl dugmbaais,
哥 不 给 你 玩 溪 吃 酸苔 哥不让你吃酸苔，

Miz haec mengz raaih gvaauc genl dug meangz,
不 给 你 爬 山顶 吃 苔 茅草 不让你吃草苔。

Miz haec mengz bail xunzbeangz ndees ruangh,
不 给 你 去 流浪 （助） 妹 不让你流浪，

Gul miz haec mengz bail xunzmbaanx ndees ruangh.
我 不 给 你 去 游寨 （助） 妹 不让你游寨。

Rauz xih bail unxdah gueheeux,
咱 （助）去 河对岸 成家 咱河对岸去安家，

Rauz xih bail unxdah guehraanz, 咱 （助） 去 河对岸 成家	咱河对岸去立业，
Aanl dungz laanz dangzxeeuh. 打算 一起 拦 一辈子	一辈子相依。
Ngonzdeel genlhaux lix goy dagt, 那天 吃饭 有 哥 舀	妹吃饭哥舀，
Genlbyagt lix goy rungl. 吃菜 有 哥 煮	妹吃菜哥煮。
Haec mengz qyus basdaangs guehxaaiz, 给 你 在 阳台 做裁缝	妹在阳台做裁缝，
Ngaaiz banz genl xih yeeuh. 早饭 成 吃 就 喊	饭熟哥来喊。
Yeeuh soonglbas jiangs saamhbas miz haanl, 喊 两声 或 三声 不 应	三两声不应，
Gul xih aul xos baanz bail yianh, 我 就 要 放 盘 去 递	我就放在盘里递，
Baanl xos doix bail yianh. 分 放 碗 去 递	分在碗里递。
Mbegt: 女	女：
Goy a, 哥啊，	哥啊，
Isnauz soonglrauz gaauc dungzaul, 如果 咱俩 谈 成双	若是我俩成双对，
Mengz xih jeebt nganz gaauh jeebt ngvax, 你 （助） 片 银 像 片 瓦	你就银锭如瓦片，
Wac nganz gaauh wac dos. 板 银 像 窝 蜂蛹	银块如蜂窝。

Dez mal xos hamhnix,
带 来 放 今晚 | 今晚你带来,

Gul xih lif ngonzxoh,
我 就 离 明天 | 明天妹就离,

Gul xih os ngonzriz.
我 就 出 后天 | 后天妹就走。

Bail riangz mengz guehguh,
去 跟 你 成双 | 去与你成双,

Bail riangz bix guehguh.
去 跟 哥 成双 | 去与哥成对。

Saail:
男 | 男:

Nuangx a,
妹啊 | 妹啊,

Meeh rauz lix mulnis,
妈 咱 有 小猪 | 咱妈有小猪,

Deeh rauz lix muljamz.
爹 咱 有 小猪 | 咱爹有小猪。

Rauz xih degt byagt xos mulnis,
咱 就 打 猪菜 喂 小猪 | 打猪草来喂,

Xos mulnis rox laaux,
喂 小猪 会 大 | 喂小猪长大,

Xos mulnis rox biz.
喂 小猪 会 肥 | 小猪会长肥。

Bilnix ndil genllauc,
今年 好 结婚 | 今年好结婚,

Bilnix xianf jiefhuny.
今年 闲 结婚 | 今年咱结婚。

Bix xih dangs hocjis ndael mbaanx,
哥 就 邀约 朋友 里 寨子 哥请寨里友，

Dangs buxlaaux ndael daanz.
邀约 老人 里 家族 哥约寨中老。

Ngonzdeel gul banzraanz seeuc ruangh,
那天 我 成家 少 忧愁 咱成家无忧，

Gul banzeeux seeuc ruangh.
我 成家 少 忧愁 咱成家不愁。

Ngonzxoh raanzrauz woic dois wal,
明天 咱家 挂 对联 花 明天咱家挂彩联，

Raanzrauz guaq dois jiangs.
咱家 挂 对联 玻璃 挂上玻璃联。

Dois jiangs wois byasfal,
对联 玻璃 挂 墙上 玻璃对联墙上挂，

Xungssal byaamz baaihroh.
鞭炮 烧 外面 鞭炮门外点。

Bux mizrox xih jaiznauz has yinfnanf degtjaangl,
人 不懂 就 以为 汉族 云南 打仗 以为云南在打仗，

Rauz laez ndanl xaauxraanz aangsyaangh,
咱 （助） 个 成家 高兴 咱成家欢喜，

Ndanl xaauxeeux aangsyaangh.
个 成家 高兴 咱成家高兴。

Xeeuhnix benj gaijgef,
现代 原本 改革 现代已改革，

Zenqcef deel yieh bians.
政策 它 也 变 政策也变化。

Bians banz nix ndeeul laail,
变 成 这 一 多 变化这么大，

Rauz lix legmbegt legsaail.
咱们 有 女孩 男孩 咱有儿有女。

Deel yieh gvaail dungzsaauh,
他 也 聪明 一样 儿女都聪明，

Deel yieh mac dungzsaauh.
他 也 长 一样 儿女都成才。

后　记

这是继《布依族传统婚宴歌》之后，我们整理翻译的第二部布依族民歌。本书原始资料的收集地点在布依族民歌蕴藏丰富的册亨县境内。可以说，这里是布依族文化的发祥地之一，能以布依族文化爱好者的身份，在这个布依族文化的“富矿区”开展工作，对于我们而言，不能不说是一件幸事。

2015年初，应贵州民族出版社郭堂亮先生之邀，我们开始拟定提纲，编制目录，深入到册亨县八渡镇者弄等布依族村寨，组织当地民间歌手说唱，进行录音。由于“浪哨”这一习俗已基本消失，会唱浪哨歌的歌手大都是四十岁以上的人。并且由于多年未唱，也早已生疏，需要通过慢慢回忆、思索，唱过之后由旁人补充、纠正，比较耗时费力。为了使收集到的第一手资料更为详实、完备，我们还特意邀请者楼街道的者楼村、岩架镇的花冗村等村组的部分村民到县城唱录，同时还收集和参考了民间流传的有关布依族民歌的光碟等资料，以丰富本书的基本素材。

然而这仅仅是收集资料的第一步，接下来的翻译工作更为艰辛。面对一堆庞杂的情歌“杂烩”，我们需要进行取舍和提炼，根据预先拟定的提纲进行梳理组合，使之成为有机的整体。因此，本书以一个假定的感情发展脉络为线索，将所有的情歌串联起来，争取做到引人入胜，具有一定的可读性。由于布依族传统的“浪哨歌”均以布依语进行对唱，属于经典口传民间歌谣，其语言的句式和修辞手法具有浓郁的布依族特点，要将这些具有诗歌特质的语言由布依语转换为汉语，并保留其诗歌化的表现形式，使之符合现代人的阅读习惯，就需要在原生态作品基础上进行再创作，力求翻译出来的汉语语义尽量接近原作，并尽可能保持原有的语气和情感节奏，追求凝练生动的语言风格，做到既保留布依族的语言特点又符合现代汉语诗歌的规范，使布依族情歌这一宝贵的非物质文化遗产在其汉语文本中得到较好呈现。翻译过程中遇到的难题较多，曾一度出现停滞不前的状况。由于我们平日里各自都有繁忙的工作任务，整理翻译只能在业余时间进行，为此牺牲了大量的节假日，挑灯夜战基本属于常态，乃至外出学习、参观、考察、办事时都要带着书稿和资料，与这些资料一同进行长途旅行。由于时间宝贵，翻译工作只能见缝插针，我们空闲时间都沉浸在情歌的起伏跌宕和对文本斟字酌句的冥思苦想之中，并乐此不疲。这一切皆出于对自己民族文化的敬畏与挚爱，别无他求。

由于我们自身的学识水平有限，翻译的文本也许会存在诸多的问题与不足，但当书稿全部完成，回顾这些经过，想到这部作品即将问世的时候，欣喜之情也难以言表。在这里，要感谢那些至今在内心仍然保存着这份优秀文化遗产的父老乡亲，感谢他们为本书提供原始资料；同时要感谢给我们以大力支持和帮助的郭堂亮、陆家兴、陆命孔、陆跃贤、杨光辉、韦廷英、陆乜端、杨显芬、岑柱敏等老师；感谢一直以来关注这项工作的亲朋好友，以及所有热爱布依族文化的人们，我们将继续前行，为布依族文化的传承和发展不懈努力！

韦芝秀　贺明勇

2016 年仲夏